Numéro de Copyright

00071893-1

© 2021 Jose Miguel Rodriguez Calvo
Édition : BoD – Books on Demand,
12/14 rond-point des Champs-Élysées, 75008 Paris
Impression : BoD - Books on Demand, Norderstedt, Allemagne

ISBN : 9782322379750
Dépôt légal : Aout 2021

Introduction

Ce récit que je vous livre sans le moindre ordre chronologique, est le fruit de mes pensées, telles qu'elles se présentaient à mon esprit au fil du temps. Pourtant ce fut une terrible et bien douloureuse épreuve qui me poussa à essayer de rassembler ces quelques pages sur mon enfance, sans que je ne sache ni pourquoi ni comment.
Je savais seulement que je devais le faire.
Mon subconscient me le demandait avec une telle assiduité, c'était tellement fort et insistant, que je me suis demandé comment j'allais m'en acquitter, moi qui n'avais jamais dépassé une double page dans mes rédactions d'école primaire.
Oui ! c'est pour toi Maxou !

jmrc

NOTRE PETITE MAISON DANS LA PRAIRIE

«Nuestra Casita de la Pradera»

Partie 1 - Mon Enfance

Juin 2015

Récit autobiographique

Décroche-moi une étoile

« À nos petits Anges »

NOTRE PETITE MAISON
DANS LA PRAIRIE

Aout 2021

Auteur

Jose Miguel Rodriguez Calvo

A

nos petits Anges

nuestros Angelitos

Résumé

*Enfance et témoignage d'un petit Espagnol sous le régime Franquiste des années cinquante.
Sa vie, sa famille et ses amis. Son arrivée en France au début des années soixante.
L'intégration, une nouvelle vie, avec ses joies et ses peines, ses bonheurs et malheurs, ainsi que ses pensées morales et philosophiques.*

1

« Nuestra casita de la pradera »

Mon enfance

Octobre 1951. Lundi 29, à vingt heures exactement, ma mère m'a mis au monde, avec l'aide de ma grand-mère maternelle Ramona, et la « *Comadrona* », sage-femme, de la région.

Dans une maisonnette de trois petites pièces, perdue au beau milieu d'une immense prairie de centaines d'hectares, dans « *la finca* » de « *los Tabernero* ».

Un de ces immenses domaines que l'on ne trouve encore, que dans la région de l'ancien Royaume de Castille, ou dans les vastes plaines Andalouses et dont quelques-uns persistent de nos jours.

« *La finca* », grosse propriété de « *Los Tabernero* », est située sur la partie sud-ouest du plateau Castillan, dans la province de Salamanca, sur la commune de « *San Pedro de Rozados* », lieu-dit Carrascal del Asno. Entièrement parsemée de « *encinas* », chênes verts, et « alcornoques », chênes-lièges, ainsi que de châtaigniers et d'épais et touffus buissons, qui complétaient cette vaste prairie totalement revêtue d'un épais tapis d'herbes sauvages.

Dans ce décor, nous côtoyions des « *toros de lidia* », taureaux de combat, des chevaux Andalous et des porcs Ibériques de « *pâta negra* », exclusivement nourris aux glands de chênes verts, élevés en plein air, à l'état semi-sauvage.

Tout le versant nord de la colline, était entièrement dédié à l'élevage de l'ensemble de ces animaux.

Et au beau milieu de tout cela, une petite maison blanche, qui nous abritait tant bien que mal, étant donné qu'elle ne disposait d'aucune commodité moderne comme l'eau courante, l'électricité, ou une simple salle de bain. Et bien entendu, encore moins de frigidaire, ou téléphone.

Seule une grande cheminée en granite qui trônait dans la pièce centrale, faisant objet de cuisine et salle à manger, permettait de chauffer l'ensemble du logis.

Celle-ci était alimentée par du bois de chêne vert, très dur, disponible à volonté, qui par chance, ne faisait jamais défaut.

Une table en chêne avec quatre chaises, un petit buffet usagé où notre mère rangeait les quelques pièces de vaisselle ébréchées et dépareillées, et un lit dans chaque chambre, avec son sommier métallique et d'anciens matelas en laine de mouton, complétaient notre modeste mobilier.

Et comme dans chaque chambre Espagnole à cette époque, un crucifix qui trônait au-dessus de chaque lit.

Pour l'éclairage, un désuet « *candil* », lampe à huile d'olive, nous fournissait le soir une petite lueur tremblante dans l'obscurité de la pièce, qui projetait des ombres sur les murs blanchis à la chaux dès que quelqu'un bougeait ou se déplaçait. Mais c'est le feu de la cheminée qui nous apportait l'éclairage suffisant lorsque nous passions à table pour le dîner.

Et bien entendu, pas de radio, encore moins de télévision, celle-ci n'existait pas encore dans les provinces. Alors, lorsque nous n'avions pas encore sommeil et que le temps était au beau fixe, nous sortions nous asseoir sur les cinq ou six marches du porche, pour contempler le ciel, la lune et les étoiles filantes.

Pour nous laver la tête ou les mains, nous utilisions la « *palangana* », sorte de bassine en métal émaillé blanc, posée sur un trépied en fer forgé qui servait aussi à notre père pour se raser chaque matin.

C'était d'ailleurs un des seuls de la « *finca* », qui le faisait quotidiennement, si l'on excepte « *el tio de las gafas* », le mec à lunettes, surnom que je donnais à la grande désapprobation de mon père, à Don Amador, patron de la propriété, qui portait de grosses lunettes en corne de buffle.

À cette époque, à la campagne, les hommes allaient chez le barbier une fois par semaine, le samedi en règle générale. Pour le bain, chez nous, c'était « *el barreño* », grande bassine en zinc, dans lequel notre mère versait des brocs d'eau chauffée sur la crémaillère de la cheminée et qui lui servait aussi à d'autres moments, à faire la lessive.

Quant à l'eau, il fallait aller la chercher à quelques pas de notre maisonnette, à une petite source que notre père avait aménagée afin de permettre de remplir aisément « *los cantaros* », des sortes de grosses jarres en terre cuite.

C'était toujours notre mère qui s'acquittait de cette corvée, et je l'accompagnais la plupart du temps. Il fallait souvent écarter les « toros » du petit chemin, en les effrayant avec de grands gestes ou une simple baguette en bois.

Chose curieuse, puisque malgré leur comportement sauvage et d'une incroyable agressivité dans les arènes, ces imposants animaux étaient étonnamment calmes et peu farouches, lorsqu'ils gambadaient en

liberté dans leur domaine, à moins bien sûr, qu'ils ne se soient battus entre eux, ou aient été piqués par une quelque guêpe ou autre insecte de ce genre.
Notre mère Antonia, portait toujours deux de ces « *cantaros* » : un, qu'elle tenait avec une main calée sur sa hanche gauche et un autre en équilibre sur la tête.
Je n'ai jamais su comment cette prouesse était possible, surtout en suivant le minuscule, tortueux et caillouteux chemin.
Derrière notre maisonnette, notre père avait aménagé un petit poulailler, pour abriter la demi-douzaine de poules pondeuses qui nous fournissaient les quelques œufs nécessaires à notre consommation hebdomadaire.
C'était une minuscule cabane en bois, avec à l'intérieur des branches disposées en escalier, sur lesquelles les poules, comme tout bon oiseau qui se respecte, se perchaient pour dormir, dès que le soleil disparaissait à l'horizon.
J'ai toujours été étonné de cette façon de se poser pour la nuit, qui me semblait bien incommode pour trouver le sommeil.

Notre « *Casita* », était située sur une petite colline, à environ deux kilomètres du reste de l'ensemble des bâtiments qui composaient le cœur de la « *finca* », plantés tous plus au sud, où se trouvaient outre la vaste maison des « *Tabernéro* », de nombreux autres bâtiments, granges et entrepôts de toutes sortes ainsi que des demeures plus modestes, destinées aux employés permanents sur le domaine. Une quinzaine environ, mais aussi d'autres plus vastes, pour les nombreux saisonniers, qui pouvaient dépasser la cinquantaine en été et qui venaient souvent en couple, au mois d'août, pendant une quarantaine de jours, des provinces limitrophes et surtout du Portugal, très proche, pour la « *siega* », la moisson.

« *toros de lidia* »

2

« *Lobo* »

Les Loups

Lorsque j'étais enfant, j'ai toujours entendu des histoires de loups.
Mon père aimait nous les raconter très souvent, à mes frères et à moi. Mais pas des contes ni des récits inventés, de vraies aventures qui lui étaient arrivées, lorsqu'il était « *Pastor* » plus jeune, avant son mariage. Comme dans tous les villages de la région, il y avait un pâtre, chargé de monter toutes les chèvres du village dans les hauts pâturages de « *las Quilamas*

», immense chaîne de hautes montagnes, pour les nourrir d'herbes fraîches et tendres, qui leurs donnaient un meilleur lait.

L'accès à ces hauts plateaux était extrêmement pénible pour les humains, mais un véritable jeu d'enfant pour les chèvres qui ont un sens inné et très développé de l'équilibre, leur permettant de gravir des pitons les plus abrupts et atteindre les lieux les plus improbables et inaccessibles où même les chiens de garde évitaient de s'aventurer.

Le troupeau que menait mon père comptait environ 2000 et il disposait comme seule aide, de deux chiens rompus depuis longtemps à cet exercice, bien sûr.

Mais toute la « *Sierra* » à l'état sauvage, était colonisée à cette époque, par de véritables hordes de loups.

Mon père partait le lundi et rentrait avec son troupeau le samedi, la plupart du temps, avec cinq à six animaux en moins.

Les loups ne se contentent pas de tuer les bêtes pour se nourrir : une fois rassasiés, ils les égorgent, le plus souvent par plaisir, ou par simple jeu.

Garder un tel troupeau dans ce type de montagne était très compliqué, puisque les chèvres, parfaitement à l'aise sur les flancs rocheux et escarpés, se dispersent très facilement afin d'atteindre leurs mets préférés.

C'est la raison pour laquelle beaucoup d'entre elles se faisaient attraper par les loups, toujours à l'affût, même en plein jour.

La nuit, c'était encore chose plus facile pour eux, malgré les différents feux de bois que mon père allumait autour du troupeau et la présence toujours alerte des chiens, il était quasiment impossible de les protéger de ces insatiables chasseurs toujours prêts à passer à l'action.

Bien heureusement, les loups s'attaquent très rarement à l'homme, sauf en cas de famine.

Lorsqu'on se trouve en présence de l'un d'entre eux, il faut toujours lui faire face, surtout ne pas lui montrer que l'on a peur et ne jamais se mettre à courir, sinon, les chances de s'en sortir vivant sont presque nulles, et bien évidemment, ce n'est pas à une seule bête que l'on aura à faire, mais très vite à toute une meute.

Mon père avait des tonnes d'histoires, qui lui étaient arrivées pendant tout le temps où il avait exercé ce pénible métier et quand il nous les racontait, nous avions des frissons dans le dos.

3

La Siega

La « *siega* », moisson, était avec la « *matanza* », abattage des porcs, un des événements les plus importants de l'année.
Toute la collecte des blés et autres céréales se faisait entièrement à la main.
Le fauchage, la partie la plus dure physiquement, était réalisé exclusivement par les hommes, des saisonniers engagés pour un mois et demi environ, qui était le

temps nécessaire pour cette tâche, ainsi que le ramassage et le battage de toute *« la finca »*.

C'était un travail rude et extrêmement pénible puisqu'il se réalisait, exclusivement à la « *Oz* », faucille, puis en règle générale, c'était les femmes qui suivaient juste derrière, qui attachaient les bottes.

Celles-ci étaient ensuite chargées sur les « *carros* » tirés par des bœufs et portées jusqu'à l'aire de battage. La batteuse, était la machine la plus évoluée de l'exploitation, elle servait à séparer le grain de la paille, exactement comme aujourd'hui, mais en statique, car elle ne fauchait pas, son rôle se limitait à battre les céréales.

Elle était mue par un gros moteur diesel relié par une immense courroie de transmission, qui permettait d'ébranler la multitude de pièces la composant.

J'étais toujours impressionné par cet engin qui me semblait immense, vu depuis la taille d'un enfant de quatre ou cinq ans.

Tout cela, sous le soleil brulant de Castille au mois d'août.

C'était un travail physiquement éreintant pour les hommes et femmes dont le seul moment de répit était la pause déjeuner. C'était la Señora Virginia qui préparait le repas et qui venait l'apporter sur place sur sa mule. Celui-ci était pris à l'ombre d'une opportune « *encina* », et toujours suivi d'une petite sieste.

Les longues et fatigantes journées d'été dans les champs écrasés par le soleil étaient interminables.

Malgré tout, les dimanches, jours de repos, après la messe et le déjeuner, c'était le temps de la détente pour tous.
Tournois de « *calva* », sorte de jeux de quilles, parties de cartes et même des danses folkloriques improvisées au milieu du « *corral* ».
J'ai encore dans mes souvenirs quelques brefs passages de « *Jotas Castellanas* » que tout le monde connaissait et dansait à tout va. Pour la musique, pas de problème, « *una pandereta* », tambourin, et une bouteille d'anis vide, que l'on frottait sur ses spécifiques flancs abrupts, avec un couvert. Les bouteilles d'anis Espagnoles ont une forme caractéristique, avec des reliefs très marqués qui produisent un son strident dès qu'on les frotte avec un objet métallique.

4

Las Jotas

Ce sont des chants et danses folkloriques très populaires du nord de l'Espagne, à l'exception de « *Cataluña* ». Elles ont un rythme à trois temps, comme les valses, mais plus rapide. On les danse soit en couple face à face, soit en rond avec les bras en l'air, en faisant un quart de tour sur soi à gauche puis à droite.

En voici quelques passages.

Un cojo se cayó à un pozo,
y otro cojo le miraba,
y otro cojo le decía,
mira el cojo como nada.
Etc. etc.
Ou bien
Por el puente de Aranda,
se cayó se cayó.
se cayó el tío Jacinto,
pero no se mató.
Pero no se mató,
pero no se mató.
Por el puente de Aranda,
se cayó se cayó.

Ou encore !
Esta noche llego tarde
el asno se me escapo
si sientes pisas de burro
no te asustes que soy yo

Une dernière !
Te voy a tirar una breva
que te pegue en el ombligo
si te pega más abajo
la breva te da en el higo.

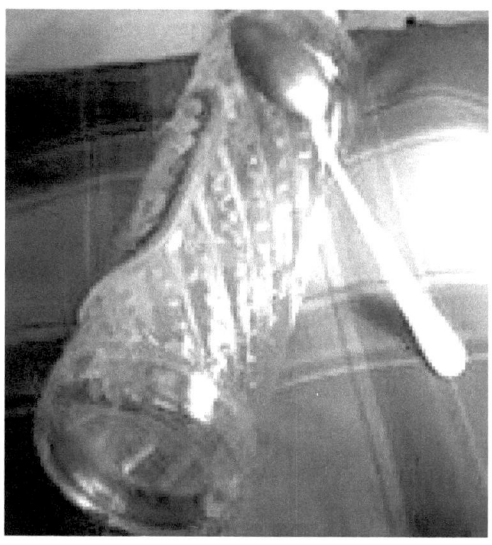

« La fameuse bouteille d'Anis »

Et naturellement, je m'en souviens de beaucoup d'autres, avec leurs paroles plutôt « *verdes* », osées, ce qui était le plus souvent le cas et qui m'empêche de les transcrire ici.

En été, pour « *la siega* », chaque « *finca* » embauchait le nombre de saisonniers nécessaire selon ses besoins et son étendue. Ils venaient le plus souvent en couple et même parfois avec leurs enfants et étaient hébergés et nourris sur place.

Du côté sud des bâtiments, se trouvaient les champs de céréales, parmi les moins étendus de la zone, puisque la principale activité était l'élevage. On ne produisait que la quantité nécessaire aux seuls besoins du domaine.

Du côté nord, plus boisé où nous vivions, c'était bien différent. Les vastes prairies étaient exclusivement dédiées à l'élevage de porcs Ibériques, de « *toros de lidia* » ainsi que de chevaux, et s'étendaient facilement sur une cinquantaine de kilomètres carrés.

Au nord de la région, au-delà de Salamanca, les terres dédiées aux céréales étaient presque dépourvues de végétation, les champs se trouvaient dégagés au maximum et le sont encore de nos jours, ce sont d'immenses plaines plantées de blé, d'orge, d'avoine, de « *garbanzos* », pois chiches, de maïs, et de tournesols.

En Castille, surnommée « *Granero de España* » ces plaines sont très comparables à celles de la région de la « Beauce », zone située à cheval entre le département de l'Essonne au sud de l'Île de France et le nord de la Région Centre, mais avec une superficie incomparable multipliée par cent. Cela donne une image du nombre de personnes nécessaires pour « *la siega* », à l'époque.

De nos jours on peut voir des batteries de moissonneuses batteuses, se déplacer en rangs serrés et effectuer le même travail en quelques jours, avec un nombre restreint d'intervenants, pour le même résultat.

Il y avait aussi de grands silos pour entreposer les céréales, nécessaires à l'alimentation des bêtes mais aussi aux besoins des hommes, pendant toute l'année. La seule chose qui ne se faisait pas sur place, c'était le pain, et je n'ai jamais compris pourquoi, étant donné que l'on produisait toutes les matières premières nécessaires à son élaboration. « *La Nicanora* », comme on l'appelait, vieille automobile du boulanger dont j'ai toujours ignoré la marque, apportait le pain nécessaire, une fois par semaine.

La caractéristique du pain de la région, avec sa mie blanche et très serrée, permettait de le garder pendant toute une semaine sans qu'il ne durcisse exagérément.

5

La Matanza

Comme dit un proverbe Espagnol,
« À todo cerdo le llega su San Martin ».
La *« matanza »*, se faisait toujours à partir de la mi-novembre pour profiter du froid qui aidait à conserver les aliments et en particulier, les viandes.
Toutes ces denrées étaient entreposées dans de vastes bâtiments en lattes de bois, qui servaient à conserver les quantités immenses de jambons, chorizos, saucissons et toutes sortes de charcuteries et bien d'autres parties du porc, séchées, car comme on dit,
« tout est bon dans le cochon ».

Tout cela était entreposé là, accroché à des perches en bois suspendues à l'air libre, sur plusieurs étages, après avoir été enduits d'un mélange d'épices et saisonnés selon des recettes ancestrales.

Et bien sûr, du sel, ou « *pimenton* », variété de paprika, unique manière possible pour conserver les viandes à cette époque où les chambres froides ou autres frigos n'existaient pas.

Ceci devait permettre de nourrir tout ce petit monde qui vivait presque en léthargie, patrons et employés, mais aussi, les vaches, moutons, chèvres, et les nombreux animaux de basse-cour qui gambadaient pêle-mêle à leurs aises.

Pour le reste, il y avait aussi tous les produits de « *la heurta* », gros potager, dont je parlerai plus tard, car notre père en était le seul responsable.

Il y avait aussi un grand « *palomar* », pigeonnier, planté là, en forme de donjon de château fort, et même une chapelle, dans laquelle une messe était célébrée chaque dimanche par un prêtre itinérant et à laquelle chacun mettait un point d'honneur d'assister.

Pas toujours par conviction, j'imagine.

6

La vie sous Franco

N'oublions pas qu'à cette époque, nous sommes dans cette Espagne ultra chrétienne, dirigée par le « *Caudillo* », qui se disait, pour se donner bonne conscience sans doute, fervent défenseur du clergé, en se présentant comme le rempart naturel contre son ennemi juré, le bolchevisme.
Lui qui avait combattu « *los Rojos , brûleurs d'églises et exterminateurs de prêtres* », pendant les trois années de cette affreuse guerre fratricide.
À cette époque, la religion était affichée même sur les cartes d'identité, et personne ne trouvait rien à redire, ou tout simplement, personne n'osait.
Pourtant, malgré ses nombreux méfaits contre « *los Rojos* », Franco, quoique dictateur et d'extrême

droite, était dans son genre un « *modéré* », puisqu'il avait refusé catégoriquement la moindre alliance avec L'Allemagne nazie d'Hitler, restant neutre pendant la Seconde Guerre Mondiale. Y compris lorsque « *Le Führer* » s'était personnellement déplacé le 23 octobre 1940 dans son train blindé depuis Berlin, pour le rencontrer à Hendaye, ville située à la frontière Franco-Espagnole et qu'après plus de neuf heures d'intenses négociations et la promesse de lui céder un large territoire au sud de la France, celui-ci avait essuyé un cuisant refus concernant une quelconque alliance ou collaboration comme l'avait fait sans hésiter, « *Benito Mussolini* » dit « *el Duche* », en Italie. Seuls quelques volontaires, « *La Division Azul* », partirent faire la guerre, sur le front Russe et d'autres républicains et gauchistes de tous bords, en France et en Angleterre.

Dans notre petit coin, tout était tranquille, la Guerre Civile s'était finie en trente-neuf et le seul souci de chacun était d'avoir un travail pour vivre dignement, et pouvoir manger à sa faim.

7

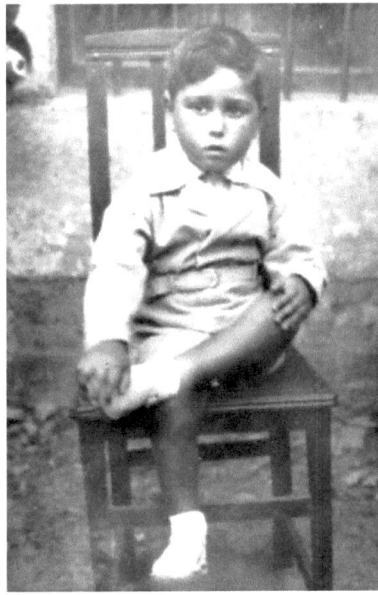

« Francisco »

Le Grand malheur

J'étais encore un bébé, lorsque l'impensable s'abattit sur notre modeste famille.

J'avais un an et demi quand notre grand frère Francisco, né le 23 avril 1948 tomba gravement malade d'une leucémie foudroyante.

Bien entendu, j'étais beaucoup trop jeune pour m'en souvenir, mais quelques fois, j'ai comme des flashs, où je vois mon frère me prendre dans ses bras.

Je ne sais vraiment pas quoi penser, des souvenirs gravés dans mon subconscient ? Ou des anecdotes que mes parents m'auraient racontées plus tard ?

Pour eux, ce fut l'enfer, surtout pour notre père, qui malgré ses efforts ne s'en est jamais vraiment remis, par faute d'aide sans le moindre doute. La psychologie l'aurait sûrement soulagé, mais c'était chose inaccessible pour lui à cette époque.

Je pense bien humblement, que ma présence et surtout la venue plus tard de ma sœur Pili, puis de mon frère Paco ensuite, les ont beaucoup aidés à poursuivre leurs vies de manière la plus « *normale* » possible.

Car dans cette Espagne de 1953, la médecine était encore balbutiante, malgré le fait que Salamanca, capitale de notre province, était à

la pointe du progrès en médecine, puisqu'elle possédait l'université la plus ancienne d'Europe, contemporaine de la Sorbonne à Paris, avec ses célèbres facultés de Médecine et de Droit entre autres. L'hémodialyse n'existait pas et on ne savait pas encore conserver des poches de sang comme aujourd'hui.

Alors la seule solution était la transfusion en direct, du donneur au patient.

Et comble de malchance, le seul donneur compatible dans notre entourage, était notre père qui possédait le groupe universel « *O négatif* ».

Et pour compliquer les choses nous étions à plus de vingt-cinq kilomètres de la capitale, et sans le moindre moyen de transport personnel.

Nonobstant, « *Jaime* », le plus jeune des quatre enfants de Don Amador, avait une Ford, et malgré son statut de fils du grand patron, il proposa à notre père de les conduire tous les deux jours à l'hôpital de Salamanca, pour pratiquer les transfusions.

Lorsqu'ils revenaient de l'hôpital, Francisco rayonnait et était de nouveau en pleine forme, mais notre père tenait à peine debout et il fallait recommencer tous les deux jours.

De ce fait, il était complètement épuisé, car il devait en même temps assurer le travail de la « *huerta* » et puis de toutes manières, la fin était plus que prévisible, cela ne pouvait pas durer longtemps. Donc les médecins ont catégoriquement refusé que cela continue, puisque dans ce cas, les deux allaient y laisser leurs vies.

Alors, la mort dans l'âme, nos parents ont dû décider du jour où tout serait fini pour notre grand frère Francisco.

Comment peut-on prendre une telle décision pour son enfant ?

Comment est-ce humainement possible ?

Je suis complétement incapable de répondre à cette question.

Le jour venu, au petit matin, pendant que notre mère s'était assoupie, notre père fou de douleur, prit Francisco dans ses bras et partit à pied à travers le bois pour rejoindre « *El coche de línea* » qui passait tous les matins sur la route, et qui emmenait les voyageurs qui désiraient se rendre à la capitale.

Notre mère s'étant réveillée, partit aussitôt prévenir le « *Capataz* », qui comme chaque jour, faisait sa ronde à cheval et tous deux, finirent par rattraper notre père avec son fils dans les bras, avant qu'il ne prenne l'autocar.

Je n'ose imaginer la tragédie qui dut se dérouler à ce moment-là, mais avec certitude, extrêmement horrible et insupportable pour nos parents.

Et puis notre grand frère Francisco partit pour une autre vie, dans un « *Nouveau Monde* ». Cela se déroula le 25 avril 1953.

De toute évidence, la souffrance de nos parents a dû être atroce, car pas la moindre aide de l'État, ni des organismes sociaux ou sanitaires.

La psychologie était à peine existante à cette époque, et seulement accessible à une élite assez riche qui pouvait se permettre de payer les services d'un spécialiste.

Et pour notre mère pas de répit, car en plus du travail domestique, elle devait prendre soin de moi et des tâches d'intendance pour la maison. Quant à notre père, n'étant pas déclaré, il n'avait pas d'autre choix que d'aller travailler, puisqu'il ne bénéficiait d'aucune aide financière.

C'était déjà inespéré que Don Amador lui avait assigné

pour le soulager, le seul soin de « *la heurta* », ce qui n'était déjà pas une promenade de santé, puisqu'elle était immense à entretenir et faire fructifier, pour ses seuls deux bras.

8

La finca, Carrascal

9

« Pili y Paco »

Deux heureux événements

Le 18 février 1955, vint au monde ma sœur Pili.
Née non loin de là, à *« Linares de Rio Frio »,* village natal de notre mère, dans la maison de notre grand-mère Ramona.
Je n'étais plus le seul enfant, nous étions désormais quatre dans Notre Maison de la Prairie.
Puis, le premier novembre 1956, naquit mon petit frère Paco.

Lui, vit le jour comme moi, à « *Carrascal* » dans notre maisonnette et dans les mêmes conditions que moi.

À cinq, ça commençait à faire une belle famille et nous étions heureux.

Je crois que la venue de ma sœur et mon frère firent moralement beaucoup de bien à nos parents, surtout à notre mère, car en ce qui concerne notre père, même s'il s'est toujours efforcé de ne rien laisser paraître pour préserver notre bonheur et notre insouciance, il allait garder à jamais au plus profond de lui, une blessure qu'il ne put jamais chasser.

Combien de fois j'ai voulu parler avec lui, de Francisco, notre grand frère, mais je n'ai pas osé ? Je savais pertinemment que ça lui ferait trop de mal, alors j'y ai renoncé.

Lui, il n'en parlait jamais, c'était la seule façon qu'il avait trouvé pour se préserver, et aller de l'avant.

Notre mère aussi, était extrêmement pudique sur le sujet, nous avons eu malgré tout quelques détails, mais nous percevions parfaitement que ça lui faisait beaucoup de mal de l'évoquer.

Nous avons donc dû nous contenter, en tout cas en ce qui me concerne, de bien peu. J'aurais tant voulu en savoir bien davantage, sur notre grand frère.

Cependant, je respecte absolument leur décision, car chaque personne est unique et fait au mieux, lorsqu'elle a le malheur d'être confrontée à un tel drame.

Ma mère m'a malgré tout donné quelques détails, le peu que je sais sur notre frère, mais mon père ne m'en a dit que quatre mots.

Un jour, au mois d'août 1971, alors que nous vivions en France depuis plus de dix ans, nous sommes allés à la « *finca* » rendre visite à Don Amador et sa famille.

Sur ce même chemin cailloux et poussiéreux qui menait à leur demeure et qui n'avait pas changé depuis des lustres, se trouvait un peu en contrebas, le petit cimetière personnel de la propriété, aux murs extérieurs blancs un peu délabrés. En passant devant en voiture, notre père prononça les quatre mots suivants.

« *Aqui esta vuestro hermano* ». (Ici est votre frère).

Ce sont les seuls mots concernant notre grand frère, que je n'ai jamais entendu de sa bouche. Cela en dit long sur ce qu'il a dû endurer toute sa vie. Étant très pudique sur ses sentiments, en aucun cas il ne nous aurait fait partager sa peine.

Pourtant, toute notre vie, nous l'avons connu aimant, joyeux et toujours avec le sourire aux lèvres.

Pour nous, le meilleur des papas.

Aujourd'hui, j'en ai la certitude, si nos parents se sont toujours efforcés de s'imposer cette douloureuse réserve au sujet de notre grand frère, c'était uniquement dans le but de nous protéger.

« Dernière visite à « Nuestra Casita de la Pradera »

10

La Huerta

« *La huerta* » était un immense potager qui devait approvisionner en légumes de toutes sortes, l'immense propriété durant toute l'année.
Et notre père était seul, pour s'acquitter de cette lourde tâche. Il bêchait, semait, plantait, récoltait et apportait chaque jour les légumes frais à la cuisinière des « *Tabernéro* » pour les besoins quotidiens. Quand je fus plus grand, il m'emmenait très souvent avec lui. Bien que celle-ci ne soit pas très éloignée de notre maison, inexorablement, tous les jours vers quatorze heures, notre mère partait avec son panier en osier pour lui apporter le déjeuner qu'il prenait sur place.

J'adorais traîner parmi tous ces légumes, mais surtout quand il arrosait l'ensemble de l'immense terrain, j'aimais ramasser les rainettes et les salamandres qui passaient par le gros tube d'arrosage, et qui s'échouaient sur la terre sèche.

Moi, je les prenais et les remettais aussitôt dans l'eau. Juste à côté, il y avait « *una charca* », sorte de grand réservoir d'eau en terre, qui était alimenté naturellement par une petite source et aménagé avec une grosse vanne que notre père actionnait dès que besoin. Il avait aménagé les sillons de telle sorte que l'arrosage se fasse tout seul, c'était une véritable œuvre d'art. Une fois la vanne ouverte, l'eau suivait inexorablement un vrai labyrinthe qui allait jusqu'à la fin sans la moindre intervention de quiconque.

C'était un travail d'une géniale inventivité.

11

Los Coches de línea

Quelquefois il nous arrivait de prendre « *el coche de línea* », l'autocar, pour aller à la capitale afin d'acheter des vêtements, des chaussures, ou d'autres affaires nécessaires pour la maison, que nous ne trouvions pas sur place, lors du passage à la « *finca* » de certains vendeurs ambulants. Nous partions à pied avec ma mère, de bonne heure pour rejoindre la route où il passait inexorablement chaque jour.
Lorsque notre grand-mère Ramona était avec nous, un mois sur deux, puisque, le deuxième mois elle le

passait à « *Tamames* » chez notre tante Pilar, elle gardait ma sœur et mon frère, Pili et Paco.
Sinon, nous allions tous les quatre. Pili était encore petite, mais elle trottinait déjà très bien, quant à Paco, ma mère devait le porter le plus souvent dans les bras. C'était comme un jour de fête, je savais que j'allais pouvoir lui soutirer quelques pièces pour nous offrir des bonbons, ou bien quelques morceaux de « *Tourron de la Alberca* » que l'on vendait au poids, puisque c'était de gros pavés élaborés artisanalement, que l'on découpait à la demande, et qui étaient vendus dans de petits sachets en papier transparent.
Les mêmes artisans vendaient du miel, des broderies faites main et bien d'autres choses, comme les fameux et très appréciés « *botijos* » où l'eau se conservait toujours fraiche, du fait de son évaporation qui jointait à travers de la paroi poreuse, ainsi qu'une multitude de pièces et objets en terre cuite et joliment décorées. Moi, j'adorais les sifflets en sucre très durs avec un pois chiche à l'intérieur : quand j'en avais assez de siffler, je le croquais et bien sûr aussi, les fameux « *chochos* » ou bien les « *obleas* », tous deux des spécialités de Salamanca. Quelquefois si mes parents avaient un peu plus d'argent, j'avais droit à une petite voiture ou moto en taule emboutie, et peinte, que l'on pouvait faire rouler en la remontant comme un pendule. Puis vers dix-sept heures, nous reprenions l'autocar de retour.

Ces valeureux, éreintés et fourbus autocars, presque toujours bondés, dans lesquels bien souvent, les jeunes plus téméraires voyageaient sur la grande galerie du toit, avec toutes sortes de produits et des valises, puisque la minuscule soute était le plus souvent occupée par la roue de secours et une multitude de pièces de rechange et d'outils nécessaires à la réparation des fréquentes petites pannes, qui ne manquaient jamais en cours de trajet.

Les routes de l'époque, si l'on voulait les qualifier ainsi, se trouvaient pour la plupart en très mauvais état et chaotiques, avec des tronçons remplis de nids de poules, qui rendaient les crevaisons presque quotidiennes, étant donné que les pneus des autocars étaient le plus souvent usés jusqu'à la moelle.

Alors tout le monde devait descendre pour aider le chauffeur à changer la roue.

Le pire c'étaient les pannes de moteur, là, c'était plus compliqué. Si le chauffeur pouvait remettre la machine en marche c'était bon. Sinon, il fallait attendre l'arrivée des secours. Le plus souvent, un tracteur remorquait l'autocar jusqu'au prochain garage, souvent éloigné de plus de trente kilomètres.

En Castille, les villages sont très éloignés les uns des autres, à cause des considérables superficies dédiées à l'élevage des « *toros* » qui nécessitent un immense espace pour garder les caractéristiques semi-sauvages spécifiques à cette race.

Alors, il ne nous restait plus qu'à attendre la venue d'un second car de substitution, ce qui pouvait durer de longues heures.

Bref, prendre ce transport était parfois une véritable aventure, mais c'était la seule manière que nous avions de rejoindre la capitale. Bien souvent au retour, ayant parcouru les différents villages, il nous déposait très tard, la nuit tombée, à l'entrée de *« la finca »*.

Alors, nous devions parcourir les deux ou trois kilomètres qui nous séparaient de notre maison, à pied en pleine nuit, sur les étroits chemins cailloux chargés de nos achats, à la seule lueur de la lune, lorsque sa très gracieuse majesté daignait nous faire la faveur de nous éclairer le chemin.

Nous devions alors faire attention aux nombreux troupeaux de « *toros* » qui dormaient en groupes paisiblement, et qui n'appréciaient guère d'être dérangés, lorsqu'ils étaient dans les bras de Morphée. Mais malgré tout, j'étais content de ces petites aventures, qui rompaient la monotonie de notre vie quotidienne.

12

Salamanca

Salamanca est la capitale de la province à laquelle elle donne son nom. Ce découpage correspond aux départements français.
Comme en France elle fait partie d'une région.
À cette époque, Salamanca, avec Léon, Zamora, Valladolid et Palencia, composaient la région de « *Castilla la Vieja* ». Aujourd'hui et depuis la nouvelle constitution,

promulguée peu après la mort de Franco, le 20 novembre 1975, son nom est devenu, « *Castilla – Léon* ».

Si le changement a été brutal, opportuniste et bien venu pour certains, il fut une véritable aberration pour la plupart, qui ont vu comment un pays uni et Jacobin peut se retrouver démembré et décentralisé à l'extrême, devenant une juxtaposition de petits États, avec chacun son parlement, ses députés, ses fonctionnaires, sa langue, sa culture, ses lois et même pour certains, sa propre police.

Des régions riches comme « *Cataluña* » ou « *el Pais Basco* », ont profité des largesses du gouvernement central pendant des années, et d'autres comme « *Extremadura* », « *Castilla la Mancha* » ou bien encore « *Andalucia* », parmi d'autres, ont été oubliées et laissées pour compte, avec un chômage galopant, n'ayant pas bénéficié d'une aide et d'un développement digne de ce nom comme d'autres régions du pays.

Malheureusement, et je le regrette profondément, malgré la fin de la dictature, c'est aujourd'hui la triste réalité de la nouvelle Espagne des autonomies. Je reste persuadé que l'on aurait pu rendre hommage d'une façon bien différente, à ce grand et vieux pays de célèbres et valeureux « *Conquistadores* », qui a tant fait pour répandre la culture dans plus d'une vingtaine de pays sur les cinq continents.

Malheureusement, et je le regrette, les froussards et incompétents politicards de l'époque, ont tout cédé au dictat des régions séparatistes Catalanes ou Basques, désireuses de faire passer leurs minables et mesquines revendications avant le prestige du pays, qui leur a pourtant tant donné.

13

« Plaza Mayor »

Salamanca pendant la guerre civile, et aujourd'hui

C'est à Salamanca que Franco établit son Quartier Général pendant les hostilités de trente-six.
Sur la célèbre « *Plaza Mayor* », considérée comme la plus belle d'Espagne, il avait en plus de son Q.G. et ses appartements, adopté ses quotidiennes et inéluctables habitudes. C'est dans un bar devenu célèbre et qui existe encore aujourd'hui, décoré à l'identique, où il prenait tous les matins son invariable petit déjeuner.

Un café au lait avec les incontournables « *Galletas Maria* ».

Mais je vous rassure, Salamanca n'est pas célèbre pour cette bien peu glorieuse anecdote. Si vous y faites une visite, vous verrez que la ville, et surtout son centre, est un vrai musée à ciel ouvert.

Vous ne trouverez pas la moindre ruine non, car tout est parfaitement restauré comme lors de sa construction.

Salamanca est une ville vivante à tous les niveaux.

Je ne vais pas énumérer ici les innombrables choses à voir ou visiter, mais vous y trouverez la plus ancienne université du monde, avec ses *« Escuelas Mayores »*, les grandes écoles, contemporaines de la Sorbonne de Paris.

Elle fut créée par le Roi « Alfonso IX » et remonte à 1218.

Même si à cette époque, il existait déjà des grandes écoles, puisque dès ses débuts, elle devint très vite un prestigieux centre du savoir de toute l'Europe.

« *Christophe Colomb* » et les frères « *Pinzon* », pour leur premier voyage, y trouvèrent tout l'ensemble du savoir pour mener à bien leur projet, avec l'appui inconditionnel des « *Dominicains* » et du déjà célèbre astronome « *Zaculo* ».

« *Hernan Cortés* » fit de même et partit pour l'Amérique à la conquête de l'Empire Aztèque.

À partir de là, bien d'innombrables célèbres marins et « Conquistadores » profitèrent des savoirs inégalables de ces « *Catedros* » et foulèrent ces amphithéâtres. Durant son rayonnement, une phrase populaire s'est formée.

« Qoud natura non dat, Salamantica non praestat ».

« Ce que la nature ne peut pas donner, Salamanque ne le prête pas ».

« Universidad »

La célèbre université, proposa au Pape Grégoire XIII le calendrier Grégorien encore aujourd'hui utilisé dans le monde entier.

En avance sur son époque, on y vit la première femme universitaire au monde, *« Béatrix Galindo »*, la Latina,

ainsi que la première femme professeur d'université au monde, *« Lucia de Medrano"* (en 1508).

De nos jours, elle continue son rayonnement, notamment avec son centre de recherche contre le cancer, et elle possède l'un des meilleurs pôles de transplantation rénale et pulmonaire en Europe.

Récemment, on a pu dénombrer jusqu'à six de ces lourdes opérations dans la même semaine.

La ville classée « *Patrimoine de l'Humanité* » en 1998 par l'Unesco, est aussi connue pour ses fêtes d'intérêt touristique international comme la Semaine Sainte, avec ses « *Pasos* » et ses « *Capuchinos* » membres de ses nombreuses « *Comparsas* » qui parcourent toute la ville, pendant toute la durée de la « *Semana Santa* ».

« *Semana Santa* »

Elle attire aujourd'hui des milliers d'étudiants, surtout Nord-Américains, car on y enseigne le « *Castillan* » le plus authentique.

Parmi les monuments les plus représentatifs, on y trouve, outre « *la Plaza Mayor* », les « *deux Cathédrales* » côte à côte, la « *Universidad Pontificia* », la « *Casa de las conchas* », « *el Puente Romano* », sans compter la centaine d'églises et de cloîtres de tous les ordres ecclésiastiques et le marché couvert, où vous pourrez acquérir le meilleur de toute la charcuterie Ibérique, fromages, et produits de « *la heurta* », et ses spécialités : « *el Ornazo* », « *el Farinato* » ou bien encore, « *el bollo Maimon* », etc.

Mais aussi plus inattendu, tous les produits frais de la marée, chaque matin. En effet, dès son arrivée au pouvoir, Franco décida que chaque Espagnol pourrait trouver chaque jour, les produits frais de la mer.

Il mit en place un système de distribution sans égal à l'époque, dépourvue de transports frigorifiques.

Dès l'arrivée aux ports, les nombreux produits maritimes étaient chargés sur des camions remplis de glace, qui partaient immédiatement pour chaque province.

Située en plein cœur de Castille, la ville dut son essor au XVe et XVIe siècle par l'étendue de son savoir, qui fit possible le premier tour du monde par Magellan.

Mais il existe beaucoup, disons « *d'imprécisions* » sur certains personnages historiques.

Prenons l'exemple de « *Magellan* », qui malgré ce que l'on enseigne en histoire, ne fit jamais le tour du monde, et pour cause, il mourut aux Philippines, sur l'île de « *Mactan* », le 27 avril 1521, et ce fut « *Juan Sebastian el Cano* », qui fit donc réellement la première circumnavigation de l'histoire, et revint à Sevilla, avec sa « *Nao Victoria* ».

Mais aussi « *Christophe Colomb* », beau parleur et aventurier, mais piètre navigateur, qui fut rejeté par tous les pays d'Europe, de l'Italie pour commencer, et dut son exploit à « *Isabel I* » de Castille, qui consentit à lui affréter une expédition, pour lui permettre de partir à la recherche des Indes. Pourtant, il réussit l'exploit de se perdre en mer à maintes reprises, à l'aller comme au retour de son voyage, lorsqu'il se retrouva sur les côtes Portugaises, ayant manqué le détroit de Gibraltar, et dut suivre le littoral de la péninsule pour arriver à Sevilla. La ville vit passer grand nombre de « *Conquistadores* » de l'époque, comme « *Cortez* », qui conquit le Mexique, et bien d'autres. Mais aujourd'hui, comment évoquer Salamanca, sans parler de « *la Tuna* », ou plutôt, « *las Tunas* » ?

Elles sont apparues juste après la naissance de la célèbre université. Fréquentée tout d'abord par les étudiants de la riche bourgeoisie Espagnole, elle se démocratisa très vite et ainsi virent le jour, les célèbres groupes. Ils persistent encore à l'identique de nos jours. Ce sont des groupes musicaux composés exclusivement d'étudiants des différentes facultés.

Il en existe dans toutes les universités Espagnoles, mais aussi, dans tous les pays d'Amérique Centrale et du Sud, et même en Californie.

On en trouve quelques-unes dans certaines universités Italiennes et Portugaises, mais avec un succès moindre.

Chaque faculté possède la sienne.

Par exemple : « *La Tuna de Médicina* », ou encore celle « *de Derecho* », et ainsi de suite. Leur but pour les membres, est d'avoir une activité, qui les sorte de la routine des longues études, et par la même occasion de se faire un peu d'argent de poche pour leurs loisirs, les sorties et les voyages.

« *la Tuna* »

Ses membres ont la particularité invariable de porter les uniformes typiques de l'époque, depuis sa création. Toujours de couleur noire, composé du pantalon bouffant, chaussures noires à talons pourvues d'une boucle métallique, et décorées comme à l'origine.
Et bien sûr, leur célèbre cape Castillane, ornée de rubans multicolores, et des dizaines d'écussons des villes Espagnoles et étrangères visitées.
Les instruments sont principalement la guitare, la « *bandurria* », sorte de mandoline, le tambourin, les « *castañuelas* », les castagnettes.
D'autres instruments en font parfois partie, comme l'accordéon et la flûte.
La plupart du temps, ils sillonnent les bars branchés de la ville et les nombreuses terrasses où se concentrent la jeunesse et « *el ambiente* ».
Dans chaque bar visité, ils interprètent quelques morceaux de leur répertoire issu des chants populaires, connus de tous, sauf peut-être des plus jeunes qui trouvent cela peu branché, pour ne pas dire ringard, mais bon, ils jouent le jeu et tout se passe à merveille.
Pour les remercier, le patron des lieux, les invite à un verre ou leur donne quelques pièces, puis ils passent au prochain établissement. Et le plus souvent, au bout de la nuit, les accords et les vocalises ne sonnent plus tout à fait très justes, mais c'est ça aussi, la particularité et le charme de « *la Tuna* ».

On peut aussi les engager pour des événements personnels, comme un mariage ou un anniversaire.
Mais le plus souvent, c'est pour faire la cour à sa bien-aimée, en faisant venir nos valeureux musiciens au petit matin, sous son balcon, pour lui déclarer sa flamme, avec quelques opportunes chansons d'amour. Si comme je le suppose, l'intéressée en est ravie, je doute de l'entière approbation des voisins. Cependant, malgré le désagrément, tout se passe toujours idéalement. Si tous ces groupes n'ont pas un très bon niveau musical, il en existe pourtant, qui sont de vrais « *pros* ». Quelques-uns enregistrent des disques et passent régulièrement à la radio et à la télévision.

14

El Padre « Lucas »

« El padre Putas » c'est le nom que l'on donnait au régisseur ecclésiastique responsable des transferts des prostituées de Salamanca sur la rive gauche du fleuve à l'aide de petites barques pendant le temps que durait la Semaine Sainte.

Elles étaient logées pendant cette période, dans un cloître de bonnes sœurs, ayant pour but de rendre pures les rues de la ville.

Cette coutume nous était racontée à l'école, par les frères Lassaliens, mais en très édulcorée, bien sûr. Un exemple : c'est la raison pour laquelle *« El Padre*

Putas », s'était transformé *en « El Padre Lucas »* et ainsi de suite.

Mais c'est une bien longue histoire qui appartient au passé de la ville, qui remonte au XVIe siècle sous le règne de *« Felipe II »* et dont je vais essayer de vous en raconter l'essentiel.

Tout juste avant son mariage avec *« Isabelle de Portugal »,* le Roi qui avait seize ans à l'époque, étant très pieux et sérieux à l'extrême, passa par Salamanca, et ce qu'il trouva dans cet antre pourtant voué entièrement à la culture, fut inespéré.

Il y régnait une atmosphère de débauche, de luxure, d'amusement et de libertinage.

Naturellement, les milliers de jeunes étudiants universitaires et des grandes écoles, avaient aussi d'autres besoins après les longues et fastidieuses journées d'études.

Face à la frénésie régnante dans chaque coin de la ville, il décida de chasser les prostituées pendant le Carême, en leur faisant franchir le fleuve *« Tormes »* qui traverse la ville. Elles demeuraient dans le cloître pendant toute la Semaine Sainte et étaient rapatriées le premier lundi, après les fêtes de Pâques. Cette coutume est parvenue jusqu'à nos jours et c'est une véritable institution dans la province, même si les modalités initiales ont beaucoup changé.

C'est toujours indéniablement une grande fête très encrée et suivie dans les milieux les plus divers.

Bien sûr, aujourd'hui, le « *transfert de ces dames* », n'est plus qu'un simulacre, mais les festivités restent, elles, bien réelles.

C'est donc « *el lunes de Aguas* », le lundi des Eaux.

Ce jour était ainsi surnommé car c'est sur les eaux du Tormes que les dames de petite vertu étaient reconduites dans la ville, et rendues à leurs activités.

Pour l'occasion, une cohue impressionnante de personnes allait les chercher sur des barques de l'autre côté du fleuve et à cette occasion était célébré un grand pique-nique multitudinaire où l'on dégustait le fameux « *Ornazo* », spécialité s'il en est, de Salamanca.

Ce même jour, était aussi organisé une grande fête foraine pour les plus petits, partout sur les rives du « *Tormes* », ou encore sur les nombreux îlots que compte celui-ci, mais pas seulement.

Dans beaucoup d'autres endroits de la province, comme à « *Cristo de Cabrera* », où était et continue à être célébré, ce fameux pique-nique ainsi qu'une grande kermesse dotée de nombreux stands et animée par un grand bal populaire, avec « *Los Charros* », chanteurs et danseurs du folklore de la région, qui faisaient tournoyer les inconditionnels de « *las Jotas Castellanas* », avec leurs typiques « *dulzainas, tamboriles, panderetas, castañuelas* », (flûtes, tambours, tambourins, castagnettes) et l'inévitable bouteille d'anis dont je vous ai déjà parlé.

Même dans les plus petits villages, chaque famille organise sa fête, avec le fameux « *Ornazo* » cuisiné par la maîtresse de maison, toute fière de le partager avec ses voisins.

« Pique-nique du « Lunes de Aguas »

« el Ornazo »

15

La Mort n'existe pas !

Tous ceux qui ont franchi cette première étape dans notre monde, sont toujours là en ce moment même parmi nous, dans des mondes parallèles, invisibles pour nous, mais bien réels.
Au risque d'en choquer quelques-uns, ou de passer pour un illuminé, je prétends, que « *la Mort n'existe pas* ». Les étapes, oui cependant, existent. Le subconscient, qui est une énergie, n'est pas matérialisé, et donc complètement dissocié de l'enveloppe corporelle, c'est la raison pour laquelle celle-ci persiste après la fin du corps.
La science le prouvera peut-être un jour, mais moi, je le sais déjà. Et j'ai la certitude que le temps que nous passons sur terre, n'est qu'une simple étape de la vie.

« La Muerte no es el final »

J'ai entendu maintes fois cet hommage, si visionnaire écrit par le prêtre Espagnol « *Cesareo Gabarain Azurmendi* ».

Vous le trouverez en totalité dans une vidéo sur "You Tube", à cette adresse :
www.youtube.com/watch?v=NBAXYoCCI4g
Voici un passage :

*« Cuando la pena nos alcanza,
Por un hermano perdido*

*Cuando el adios dolorido
Busca en la Fé la esperanza*

*En tu palabra confiamos
Con la certeza que tu*

*Ya le as devuelto a la Vida
Ya le as llevado a la luz*

*Ya le as devuelto a la Vida
Ya le as llevado a la luz »*

Pour moi ces vieilles paroles, sont splendides et frappantes de lucidité et d'espoir.

16

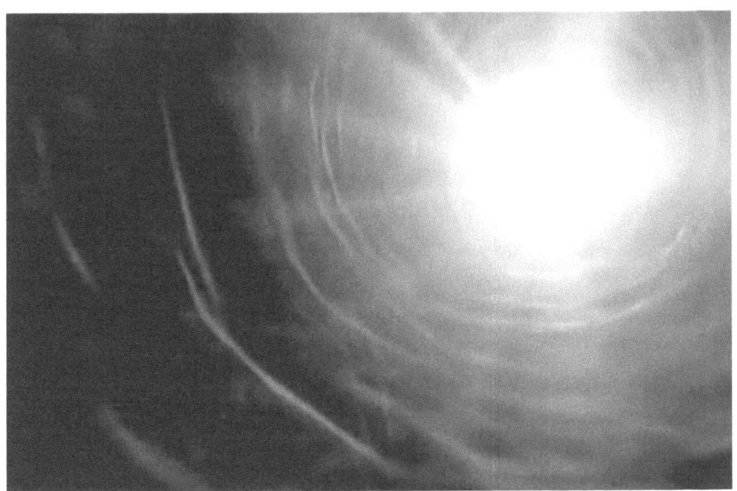

Mondes parallèles

L'existence de « *Mondes parallèles* » est pour moi une évidence.
Mais je ne suis pas le seul à penser cela.
Car qui suis-je ? Vous direz-vous, pour tenir de telles affirmations et propos aussi prétentieux, avec mes bien maigres bagages.
Rien, ou plutôt si, une personne, un simple être humain comme vous, comme tant d'autres, qui

réfléchit, se pose des questions, observe et écoute ceux qui savent, ou en tout cas, le prétendent.

De plus en plus d'éminents théoriciens, physiciens et spécialistes en débattent chaque jour dans les médias et dans des livres, sur toutes ces questions éminemment existentielles.

D'où venons-nous ? Où allons-nous ? Pourquoi sommes-nous de passage ici ? Dans quel but ? Et bien d'autres questions et réflexions sur notre existence, notre planète, notre galaxie et notre univers.

Je me suis rendu compte avec mon humble savoir, qu'au fil du temps, les esprits les plus cartésiens avec leurs assurances et affirmations indiscutables, le sont beaucoup moins aujourd'hui et ont désormais bien évolué, surtout en modestie.

Ce qui paraissait il y a peu de temps comme une certitude, n'est plus qu'une possibilité parmi d'autres. On parle désormais de l'existence de « *Mondes parallèles* », mais pourquoi pas.

Le joli film « *Ghost* », de Jerry Zucker, sorti en 1990, me vient de suite à la mémoire. Bien entendu, c'est une fiction romancée, cela ne prouve rien, ce n'est pas scientifique je vous l'accorde, seulement ça me rassure, je ne suis pas le seul à penser à une telle possibilité. Seulement, à côté de cela, il y a aussi une multitude de faits concrets et de témoignages de personnes bien réelles, qui se sont trouvées pendant un laps de temps très court sans vie. Elles disent toutes la même chose :

leur subconscient, leur esprit, leur intelligence, vous pouvez le nommer comme vous voulez, enfin cette « *énergie* » qui fait partie de nous, mais qui n'est pas physique, a quitté leur corps et ils se sont vus depuis l'extérieur, allongés sur leur lit d'hôpital.

De nombreuses études scientifiques réalisées maintenant aux États-Unis, mais aussi en France et dans bien d'autres pays, considèrent avec le plus grand sérieux ce phénomène, toutes fondées sur des expériences confirmées par de nombreux scientifiques, médecins et professeurs, qui attestent de la véracité des récits de leurs patients.

Avec toujours les mêmes faits troublants, ils ont pu décrire leur opération chirurgicale dans les plus petits détails, depuis l'extérieur de leurs corps. Vous pouvez aussi trouver d'excellentes références dans le magnifique livre « *La vie après la vie* » du Dr Raymond Moody.

Je cite « *Roberto Lanza* »

« La vie après la mort existe bien, selon un scientifique Américain, qui pense en détenir la preuve.
Le scientifique Nord-Américain de la Wake Forest School of Medicine de Caroline du Nord, Roberto Lanza, affirme détenir des preuves définitives qui

démontrent que la vie après la mort existe bel et bien. Lanza estime, en outre, que la mort, d'une certaine manière, n'existe pas telle que nous la concevons.

Car, il existe bien une vie après la mort et les preuves se trouvent dans la physique quantique, principalement dans le biocentrisme.

Selon le scientifique, le concept de mort n'est que le simple fruit de notre conscience. La mort n'est qu'une illusion. Nous croyons à la mort parce que l'on nous a appris que nous mourrions ».

Le concept de mort tel que nous le connaissons ne peut exister dans un sens réel et il n'y a pas de véritables frontières pour définir celui-ci. « L'idée de mort n'existe que dans nos esprits et nous y croyons parce que nous l'associons à notre corps physique et que nous savons que celui-ci est amené à disparaître », estime Lanza. Le biocentrisme, pour Lanza, se rapproche de la théorie développée par la physique théorique, selon laquelle il existe plusieurs univers parallèles ».

Selon le CERN :

« Des scientifiques du CERN s'apprêtent à lancer un intense projet qui pourrait prouver l'existence
des univers parallèles. Le physicien Mir Faizal explique, « Nous prédisons que la gravité peut s'étendre dans d'autres dimensions et, si c'est le cas, alors des trous noirs miniatures peuvent apparaître ». Ainsi, si leur expérience leur permet d'observer l'apparition de trous noirs, ce sera la preuve que le principe d'univers parallèles existe ».
Vous voyez ? Je n'invente rien !
C'est la raison pour laquelle je sais que nos chers disparus ont juste changé pour un monde meilleur et je suis persuadé que nous en aurons un jour la preuve irréfutable et que nous pourrons les retrouver.

Réfléchissons un peu.
Des choses qui ressemblent à des mondes parallèles existent déjà et nous les connaissons bien.

Voici des exemples.

Des millions d'images d'innombrables chaines de télévision sont émises chaque jour et à toutes heures, de partout dans le monde. Sous forme d'ondes hertziennes, elles parcourent l'espace, passent à travers nos maisons, nos murs et nous-mêmes.

Nous ne les sentons pas, nous ne les voyons pas, pourtant elles existent, elles sont bien là, bien réelles et elles ne se mélangent pas les unes avec les autres.

Pourtant, il suffit d'un simple décodeur pour qu'elles apparaissent et deviennent visibles.

Et plus probant encore, si nous fermons les yeux et pensons à quelqu'un de parti, nous pouvons le voir parfaitement marcher, courir et même évoluer dans des endroits où il n'a jamais mis les pieds.

Notre subconscient est notre décodeur.

Alors pourquoi des êtres, des esprits, consciences ou subconsciences comme il vous plaira de les appeler, ne pourraient-ils pas circuler et exister autour de nous, sans que nous ne puissions les voir ?

Que savons-nous vraiment de ce monde ? Comment est-il ? Comment fonctionne-t-il ? Bien peu de choses, je le crains.

Nous essayons de tout expliquer avec notre infime savoir bien cartésien, mais la réalité est, je le crois, bien plus complexe.

C'est la raison pour laquelle je me permets de vous donner ma conviction : « *la mort n'existe pas* ».

Quand nous quittons ce monde, nous passons dans un autre, parallèle, que nous pouvons appeler de maintes façons selon nos croyances. Sinon, pourquoi toute cette débauche d'énergie, de planètes et de galaxies dans cet univers infini ?

Juste pour un simple passage dans ce monde, sans le moindre but.

Non ! Une telle absurdité n'est tout simplement pas possible, ni même imaginable.

Autre question : tous les physiciens s'accordent pour dire que la théorie du « *Bigbang* » est le début de l'existence de l'univers. Pourquoi pas, mais pour que ce phénomène se soit produit, quelque chose devait déjà exister avant, ne croyez-vous pas ?

Je termine là mes explications, mes réflexions et mes croyances, bien personnelles je vous l'accorde.

Maintenant, je vous passe le flambeau, à vous de vous faire votre opinion.

Car comme je dis bien humblement,

« De désaccords et contradictions, naît la vérité »

17

« Poupoun »

À la question, « *les animaux ont-ils une âme ?* », je suis persuadé que la majorité d'entre nous répondrait sans le moindre doute par un retentissant « *non !* ». Pourtant, même si en ce qui me concerne, je pensais depuis bien longtemps, que pour certains d'entre eux, dotés d'une intelligence suffisamment développée, une réponse affirmative était possible.

Aujourd'hui, cette question est devenue pour moi, une évidente certitude. Et ce sont des évènements aussi curieux qu'inattendus qui me confortent dans cette idée et qui m'emmènent sans la moindre retenue, à vous faire part de mes affirmations.

J'ignore si d'autres personnes ont été confrontées à de semblables situations, mais je peux vous certifier que tout ce qui suit, est, je vous le promets, la stricte vérité. Pour apporter de l'eau à mon moulin, je vais vous relater cette expérience personnelle bien réelle, que je n'ai jamais divulgué à personne à part Conchi, mon épouse.

Les faits se sont pourtant déroulés très exactement comme je vais vous les décrire.

Peu après le départ de « *Poupoun* », notre petit yorkshire qui nous avait accompagné si généreusement pendant plus de dix-sept ans, je ne sais plus quand exactement, environ une quinzaine de jours, j'ai eu une première troublante expérience.

J'étais assis dans la chambre devant mon ordinateur et tout à coup, j'ai entendu notre petit yorkshire arriver dans le couloir. J'ai immédiatement reconnu ses pas et sa façon de marcher très spécifique.

En effet, on l'entendait toujours venir, car il faisait un bruit avec ses ongles sur le sol, immédiatement reconnaissable. Je l'ai distinctement entendu entrer dans la chambre, tourner autour de mon fauteuil derrière moi, et s'arrêter sur mon côté droit.

Je suis resté figé.

J'ai fait rouler ma chaise en arrière, très lentement, pour ne pas lui écraser les pattes, car il avait la fâcheuse habitude de se trouver toujours au mauvais endroit.

Je me suis lentement levé de mon siège, et j'ai regardé tout autour. Il n'était pas là bien sûr. En tout cas, il n'était pas visible. Je vous assure qu'à cet instant, tout mon corps tremblait.

Deux ou trois jours après, alors que je m'apprêtais à faire ma sieste quotidienne, je venais à peine de me coucher, et j'ai entendu « *poupoun* » venir depuis le bas du lit et se placer contre ma jambe, et comme à son habitude, je l'ai parfaitement senti pousser avec ses pattes sur la couverture pour se caler au maximum contre moi.

J'ai immédiatement tendu ma main pour le toucher, et je me suis exclamé : « *poupoun !!* ».

J'ai aussitôt allumé la lumière de la chambre qui était dans le noir, et naturellement, je ne l'ai pas vu.

J'ai été extrêmement troublé par ces deux expériences, que je n'ai divulgué à Conchi que plusieurs semaines plus tard.

Mais je n'étais pas vraiment surpris, car ça m'a conforté dans mes croyances, et de plus, appris que même certains animaux pouvaient avoir une « *âme* ».

Et voici une bonne référence pour affirmer mes propos.

« Paroles du souverain pontife »

« Le paradis est ouvert à toutes les créatures de Dieu ».
Vendredi 10 décembre 2016, au cours d'une allocution officielle, le Pape François a affirmé que les animaux ont une place au paradis.
 « Un jour, nous reverrons nos animaux dans l'éternité du Christ. Le paradis est ouvert à toutes les créatures de Dieu ».
Les animaux auraient donc bien une âme, selon le Pape François.

18

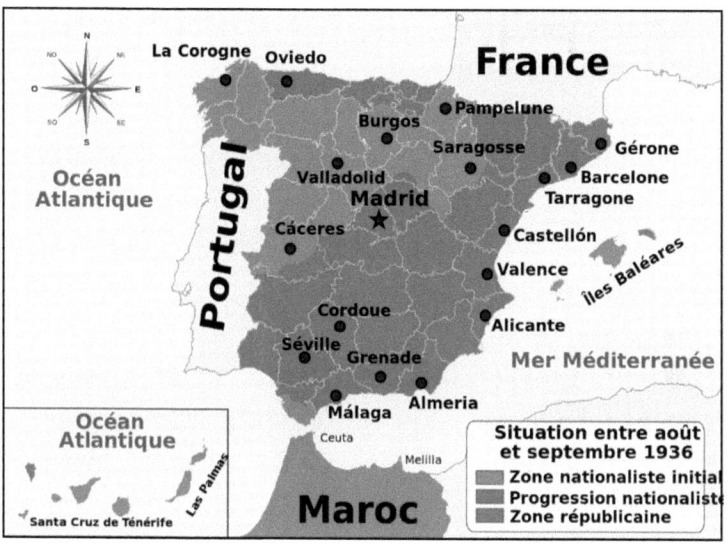

La Guerre Civile Espagnole

Pendant la seconde République Espagnole de 1931-1939, le Front Populaire, les Républicains et les Anarchistes de tous bords et autres composantes connues sous le nom de « *Los Rojos* », qui plus tard, pendant la Guerre Civile, montaient au front aux cris de « *Viva Rusia* », réquisitionnèrent partout où ils purent, les terres des grands propriétaires et les distribuèrent découpées en petites parcelles aux paysans qui en faisaient la demande.

Ce fut un véritable désastre, leur rendement tomba à un niveau qui ne suffisait même plus à faire vivre ces nouveaux propriétaires.

Les minuscules parcelles n'étaient plus travaillées correctement, faute de connaissance, manque d'accords ou de savoir-faire, ou bien n'étaient plus traitées ou tout simplement, les cultures n'étaient plus ramassées à temps.

À tel point que l'on dut importer du blé de Russie, de France et d'ailleurs, alors que Castille, surnommée encore aujourd'hui, « *El granero de España* » était en excédent.

Chacun travaillait son petit lopin de terre pour ses besoins personnels, sans se soucier de celui de ses voisins et encore moins du reste de la population.

Mais dans les villes, ce fut la même chose, il y eut des grèves à répétition et la délinquance explosa.

Plus personne ne voulait travailler pour des patrons « exploiteurs », chacun voulait être son propre chef et n'acceptait plus le moindre ordre ou la moindre discipline. On ne voulait plus travailler « *por una miseria* ». Mais ce fut l'interminable et très dure grève des mineurs du Nord, qui finit par mettre le feu aux poudres. Le Gouvernement de la Seconde République Espagnole, ne fut jamais à la hauteur, incapable d'apporter la moindre solution, ni même de rétablir un semblant d'ordre public.

Le 18 juillet 1936, Franco, Commandant des forces Espagnoles en Afrique du Nord, traversa le détroit de Gibraltar et commença l'occupation, aidé par plusieurs Généraux Républicains pour chasser le gouvernement incompétent et remettre de l'ordre dans cette Espagne complètement incontrôlée et totalement à la dérive. Ce fut le début de la Guerre d'Espagne, qui allait durer trois ans et faire plus de cinq cent mille morts, sensiblement pour la moitié dans chaque camp. Je ne vais pas entrer dans le récit de cette guerre fratricide, il existe beaucoup de livres et documents mieux informés sur le sujet, qui l'ont déjà fait.
La guerre finit avec la prise de Madrid.
Mais depuis longtemps déjà, le gouvernement l'avait abandonné, en emportant tout l'or de la Banque d'Espagne, ainsi que d'incalculables trésors, comme les tableaux du Prado, et de l'ensemble des musées de Madrid et de sa région, sans compter les biens les plus importants des riches propriétaires.
Tout cela se retrouva à « *Valencia* ».
Depuis la capitale Valencienne, le gouvernement fit transférer tout ce butin par une caravane interminable de camions durant des nuits, pour en assurer la discrétion, jusqu'au port de Barcelona, d'où tout partit, vers l'Union Soviétique.
Jusqu'à ce jour, rien n'est encore revenu en Espagne, et surtout pas les incalculables quantités d'or hérité des « *Conquistadores* » d'Amérique, ni les

innombrables toiles et œuvres d'art, ou bien encore, les nombreux biens personnels, confisqués aux expatriés « *Rojos* » par les autorités Russes.

Quant aux enfants partis, par milliers, embarqués dans les bateaux des ports du Pays Basque, sous prétexte d'échapper aux Nationalistes de Franco, on vit il y a quelques années, aidés par des associations de déportés, quelques vieillards égards, fouler de nouveau le sol Espagnol.

Mais pas un seul ne revit ses parents ou sa famille.

C'était trop tard, trop de temps était passé et ils repartirent tous, car leur nouvelle famille était là-bas.

Quel gâchis, à tous les niveaux, engendré par un Gouvernement irresponsable et incapable de gérer un tant soit peu son peuple.

« *Viva Rusia* »

19

L'après-guerre

L'Espagne, déjà dévastée par la Guerre Civile, était étouffée, au bord du gouffre, prête à exploser.
À la différence de beaucoup d'autres pays, elle n'avait pas reçu la moindre assistance pour sa reconstruction. Ayant été neutre pendant la Seconde Guerre Mondiale, elle ne put bénéficier du fameux « *Plan Marshall* » mis en place par les Américains, pour aider les nations Européennes qui y participèrent, à se reconstruire, malgré l'appui apporté aux nombreux maquisards Français ou pilotes Anglais dont les avions furent abattus par les Allemands qui traversèrent les Pyrénées pour se mettre à l'abri, secourus par la population, mais aussi très souvent par « *la Guardia Civil* ».

Mon oncle Bernardino, le frère de notre mère, étant mobilisé à cette époque, participa à cette affreuse guerre, et resta dans l'armée pendant presque quatre ans.

Il fut de toutes les grandes batailles, et parcourut le pays, au fur et à mesure de l'avancée des Nationalistes. Il faillit y rester notamment, lorsqu'il se trouva encerclé, par « *los Rojos* », pris dans la souricière du célèbre « *Alcazar de Toledo* ».

Finalement, les troupes Nationalistes réussirent à faire lever le blocus, et il fut libéré, avec le petit nombre de combattants encore en vie, présents à l'intérieur.

Notre père étant encore trop jeune pour être mobilisé, il ne participa pas directement à la guerre, cependant, il dut combattre plus tard, les nombreux maquisards Nationalistes Basques, réfugiés dans les montagnes du nord.

Ceux-là même qui, plus tard, allaient donner naissance à la bande terroriste ETA.

Il était dans les transmissions, et devait s'infiltrer la nuit, pour poser les câbles qui permettaient à l'époque de communiquer entre les différents postes avancés, et le Quartier Général.

Il faisait aussi partie de « *Là Banda* » de sa compagnie.

« La Banda »

« Antonio »

20

Franco au pouvoir

L'arrivée de Franco au pouvoir, fut avant tout, due à l'échec incontestable de la seconde République de 1931 – 1939.
À l'époque, comme lors de la première de 1873-1874, les Espagnols n'étaient pas prêts pour la démocratie.
L'Espagne n'avait pas fait comme la France, sa révolution de 1789.
Et l'arrivée du Front Populaire, dans une Espagne majoritairement rurale, n'eut pas le succès auquel on aurait pu s'attendre.
De plus elle n'obéissait pas à une attente du peuple, seule une petite minorité d'intellectuels et de syndicats la désiraient, la classe moyenne étant inexistante.

C'est aussi la raison pour laquelle le dictateur réussit sans mal à fédérer autour de lui une aussi grande partie du pays.

Pourtant, dès son arrivée au pouvoir en 1939, Franco interdit d'emblée les partis de gauche « *los Rojos* », dont les membres s'exilèrent notamment en France, à Paris, pour les dirigeants, comme « *Marcelino Camacho* », leader du Parti Communiste.

Les autres membres ou sympathisants choisirent plutôt Toulouse, où se créa une véritable petite Espagne gauchiste.

Beaucoup d'autres partirent aussi pour le Mexique.

Malgré les nombreuses exactions, surtout dans les partis d'extrême gauche Espagnole, Communistes, Trotskistes, Stalinistes et Gauchistes de tous bords, Franco ne fut malgré tout pas un dictateur sanguinaire comme certains voulurent le présenter.

Bien sûr, je vous l'accorde sans la moindre réticence, il y eut la censure de la presse, la mise hors la loi des syndicats ayant soutenu les Républicains, l'interdiction des manifestations, et surtout la répression du Communisme et de la Franc-Maçonnerie.

Ainsi que certains intellectuels engagés, comme le journaliste, poète, écrivain « *Federico Garcia Lorca* », auteur du célèbre poème « *Caminante no hay camino, se hace camino al andar* », qui fut fusillé par la « *Guardia Civil* ».

D'autres Communistes et intellectuels d'extrême gauche le furent aussi, ou finirent emprisonnés, mais la plupart réussirent à échapper à l'épuration en s'exilant à l'étranger.

Il n'y eut malgré tout pas de chasse aux sorcières systématique. Seuls les éléments des groupes Phalangistes, se montrèrent plus zélés. Voyant qu'ils commençaient à prendre une trop grande importance, Franco, les évinça très vite du pouvoir, et finalement, il ne resta qu'une relique, parmi les plus modérés, qui finirent par se fondre dans « *el Movimiento* ».

Le gouvernement de Franco, fut dénigré par de nombreux Républicains, surtout les plus gauchistes, mal informés par une presse totalement vouée à l'extrême gauche en Europe, comme la controverse qui existe sur le bombardement de « *Guernica* » le 26 avril 1937.

À ce sujet, je ne peux que citer les différentes sources et constater qu'elles sont totalement le fruit d'une propagande systématique des différents camps.

On sait seulement avec certitude qu'elle fut menée par la « *Légion Condor* » de l'aviation Allemande, appuyée par celle de l'Italie.

Quant au nombre de victimes, elle oscille entre 123 morts selon l'État Civil, 250 selon le journal ABC et 2000 à 3000 selon la propagande orchestrée par les réfugiés « *Rojos* » en France, qui fut montée en épingle, dans le seul but de discréditer « *el Movimiento* », dans toute l'Europe.

Le journaliste « *Vicente Talón* », dans son éditorial « *Arde Guernica* », San Martín, 1970, est arrivé à la conclusion qu'il n'y avait pas eu plus de 200 morts.
Selon Galland, la « *Légion Condor* » avait été chargée de détruire le stratégique pont de « *Rentería* », mais le mauvais temps les enduit en erreur, et l'aviation Italo-Allemande, largua les bombes sur Guernica, qui n'avait selon eux aucune utilité tactique.
Où est la vérité ? Nous ne le saurons sans doute jamais avec certitude, mais ce que l'on peut dire sans se tromper, c'est que ce fut un massacre inutile, et à tout points condamnables.
En Espagne, Franco eut une image bien différente, même si l'on ne peut nier, une indubitable répression de certains mouvements contestataires et plusieurs procès bâclés par des juges voués inconditionnellement à sa cause.
Mais beaucoup de méfaits qu'on lui attribua, ne furent que des rumeurs savamment repandues par l'opposition en exil. Les exécutions, qui furent malgré tout nombreuses, étaient surtout des règlements de compte dans les villes, mais surtout à la campagne, dans les villages. C'était très facile de se débarrasser d'un concurrent, d'un voisin gênant, ou même d'un membre de sa propre famille.

« *El Caudillo* », ne fut jamais intéressé par une quelconque conquête de nouvelles terres, comme ce fut le cas par « *Hitler* » ou « *Joseph Staline* », et bien avant, « *Napoléon* » qui eux furent de véritables sanguinaires, en envahissant la plupart des pays d'Europe avec la plus grande cruauté, tuant et pillant tout ce qui pouvait l'être, avec pour seul but d'annexer les nouveaux territoires. Sa seule ambition, fut d'en finir avec le chaos où se trouvait l'Espagne, de ramener la paix et d'essayer d'apporter une certaine prospérité.

Le pays était en ruines, il n'y avait plus de travail, plus la moindre production, tout devait être importé à des prix prohibitifs bien sûr, car plus personne ne travaillait les terres morcelées en petites parcelles par l'extrême gauche, partie sans doute d'un bon sentiment, mais totalement inefficace.

Le nouveau gouvernement en regroupa la plupart, qui purent être exploitées avec efficacité.

On mit aussi en route de vastes chantiers de constructions, ponts, routes, bâtiments administratifs, mais surtout de nombreux barrages hydrauliques sur la moindre rivière, permettant l'irrigation de considérables bandes de terres arides du Centre et du Sud et qui servaient aussi à la production d'énergie électrique, que l'on devait acheter à la France, les centrales électriques à charbon du Pays basque ayant été saccagées par le personnel gréviste, avant l'arrivée des Nationalistes. Le tout, sans compter la mise en place de la Sécurité Sociale Espagnole, en pleine guerre en 1938, et les Centres de Santé Pluridisciplinaires, avec des médecins et personnels fonctionnaires payés par la Sécurité Sociale pratiquant la gratuité des soins, ainsi que la délivrance des médicaments en pharmacie.

Ce sont là quelques exemples de mesures prises par Franco, totalement méconnues à l'étranger, puisque non relayées par la presse.

Il y eut aussi l'attribution de deux paies supplémentaires par an : une au mois de juin et l'autre au mois de décembre, « *las pagas extras* », qui étaient versées à tout le monde, dans les secteurs public et privé, y compris pour les chômeurs, les retraités, les veuves et les invalides.

De tout cela, rien ne parut dans la presse Européenne, on constate le parti-pris de beaucoup de journalistes, qui piétinèrent sans vergogne, le devoir d'informer correctement la population.

Toutes ces mesures sont toujours en vigueur aujourd'hui, puisqu'aucun gouvernement de droite comme de gauche n'a osé les remettre en cause. Je peux le certifier aisément, car j'en bénéficie personnellement, pour mes quelques années travaillées en Espagne.

Et je ne connais pas de pays, même les plus avancés, où de telles lois existent, même de nos jours.

On distingue bien là, le manque flagrant d'objectivité de certains médias, car si l'on pouvait lire à pleine page dans la plupart des journaux, les méfaits du « *Caudillo* », dénoncés avec raison, rien ne filtrait de ce qu'il apportait de positif à la population de son pays.

Je peux simplement me permettre d'apporter mon modeste témoignage, ayant vécu et voyagé pendant des années, je sais qu'à cette époque, on pouvait sans crainte laisser sa porte ouverte sans le moindre danger et se promener à n'importe quelle heure de la nuit sans être inquiété.

Malgré tout, en ce qui me concerne, je ne suis pas un inconditionnel de Franco, ou d'un quelconque autre dictateur et je ne l'ai jamais été.

Cependant, ce qui serait encore plus grave à mes yeux, un « *naïf* ».

J'essaie tout simplement d'être le plus objectif possible et de « *rendre à César, ce qui lui revient* ».

Je suis naturellement pour la démocratie, oui la démocratie, mais aujourd'hui elle n'est plus adaptée à notre temps. Si nous n'avons pas compris cela, nous courrons le risque de la voir disparaître à jamais.

Nous avons le devoir impératif de faire quelques concessions sur nos libertés individuelles, pour éviter que d'autres individus moins conciliants s'en emparent et nous la ravissent à jamais, et si nous voulons la protéger pour qu'elle survive avec notre civilisation.

Concernant la presse, je constate que les manipulations et les désinformations, ne sont pas seulement là où on les attend.

Et je ne suis pas prêt à me laisser berner par les idées toutes faites de certains arrogants pseudo-intellectuels bienpensants, donneurs de leçons.

Nous les voyons tous les jours dans les journaux et à la télévision, ces soi-disant journalistes et chroniqueurs politiques, qui n'hésitent pas à nous abuser avec des informations sans avoir eu le moindre réflexe de les contraster ou les vérifier.

Ensuite, si elles s'avèrent fausses, pas le moindre « *mea culpa* » ou excuse, on s'empresse de passer à autre chose, et tant pis pour la vérité.

Ils se permettent même, avec la plus grande désinvolture, de nous donner leur avis personnel ou plus grave, celui du média qui les paie.

Ce n'est pas du tout l'idée que je me fais de ce métier. Pour moi, on doit être neutre et rapporter exclusivement des faits avérés.

Bien entendu, c'est très facile de s'abriter derrière le secret professionnel bien commode, en nous rétorquant toujours la même excuse : « *on ne peut pas dévoiler nos sources* ». Comme c'est pratique !

Alors, nombre de ces personnes soi-disant démocrates convaincues, devraient se poser la question de la déontologie liée à leur profession. Seulement, je suis pessimiste quant à la remise en cause de leurs idées toutes faites et leurs inébranlables et indéfectibles vérités.

Pourtant, avec un peu d'éthique et de simple morale, ce beau et indispensable métier, en sortirait grandi.

21

« Le Plan Marshal »

J'ai encore en mémoire le film tragi-comique que Luis Berlanga tourna en 1953, une dérision du fameux « *Plan Marshall* » destiné à venir en aide à la reconstruction des pays dévastés par la Guerre, « *Bienvenido, Mister Marshall* ».
Il se déroule *à* « *Guadalix de la Sierra* », un petit village de la région de Madrid.
Il narre l'attente de l'aide économique promise par les Américains après la Seconde Guerre Mondiale à chaque pays pour participer à sa reconstruction.
Le convoi doit arriver à Guadalix, et le jour « J », tout est prêt pour recevoir « *Mister Marshall* » avec les plus grands honneurs.

Tout le monde est là sur la « *Plaza Mayor* » décorée aux couleurs Américaines, avec fanfare, lampions, et les pancartes « *BIENVENIDOS* ».

Monsieur le Maire était là, bien entendu, ainsi que le prêtre et tous les dignitaires, mais aussi l'ensemble des citoyens, du commerçant au simple ouvrier ou paysan, avec chacun en tête, ce qu'il allait pouvoir réaliser avec cette aide qui allait leur tomber du ciel.

Mais le moment venu, le convoi tant attendu passe en trombe, dans un nuage de poussière, sans marquer le moindre arrêt.

Et soudain, en même temps que le nuage, tous les opportuns et attendus espoirs s'envolèrent.

Ce film montre la bien triste réalité que l'Espagne subit après la Guerre.

En effet, ayant gardé sa neutralité pendant les événements de 39-45, l'Espagne n'eut pas droit à l'aide Américaine, malgré la terrible Guerre Civile qu'elle venait de subir de 1936 à 1939, avec plus d'un demi-million de morts.

Elle n'eut d'autre recours que de se débrouiller seule, sans l'aide de quiconque, et se reconstruire par ses propres et maigres moyens.

Ironie de l'histoire, l'Espagne fut l'un des premiers pays à accueillir sur son sol plusieurs bases aériennes et navales Américaines, comme à « *Moron* », « *Rota* » ou encore « *Zaragoza* » qui persistent encore aujourd'hui, et ont même pris une part active, notamment pendant la guerre du Golfe.

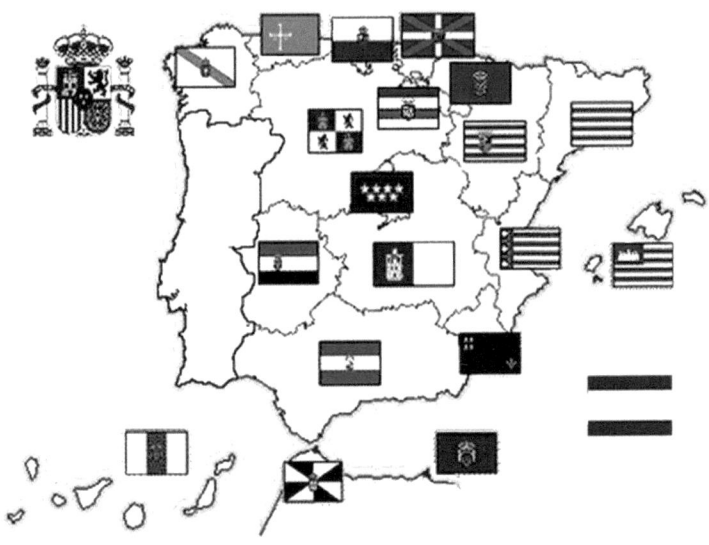

L'Espagne des « Autonomies »

Dix-sept exactement, pour un pays grand à peine comme la France, calquée sur le modèle Américain, mais avec une différence évidente de superficie. L'Espagne tout entière tient dans un seul état des USA. Diviser l'Espagne en dix-sept mini pays, a été pour le moins ridicule et politiquement irresponsable.
On a tout concédé, surtout aux plus virulents comme

les Nationalistes Catalans et Basques, uniquement par peur, sans doute, d'une nouvelle révolution ou Guerre Civile.

Cette nouvelle Constitution qui malgré tout a apporté la démocratie, a été pour beaucoup comme moi une véritable aberration, pour ne pas dire une trahison et une grave faute politique. Cette décentralisation sans égal dans aucun pays, a eu l'effet inverse de celui escompté.

Il a exacerbé et intensifié les nationalismes latents, créant un climat d'intolérance et de rancœur envers les Espagnols non natifs de la région, et surtout une véritable haine des Castillans, considérés comme des « *invasores* », envahisseurs.

Cette situation a pris forme avec la Constitution de 1978, qui fut un texte bâclé, sans en mesurer les conséquences.

Le Roi Juan Carlos 1er, fut choisi par Franco pour assurer sa succession et rétablir la Royauté en Espagne, perdue lorsque Alfonso XIII, son grand père, dut s'exiler en France.

Quant au Père de Juan Carlos 1er, le « *Conde de Barcelona* », il n'eut jamais la possibilité de régner, Franco ayant aboli et supplanté la Royauté, pendant sa dictature.

23

« Antonio y Antonia »

Le départ de nos parents

En 1985, nous sommes partis en Espagne pour monter une affaire dans la restauration, à Salamanca.
Mes parents nous avaient suivis et vivaient près de chez nous, dans le même quartier.
Finalement, au bout de deux ans, le travail étant très prenant et beaucoup trop dur, nous travaillions sept jours sur sept et nous avions à peine le temps de voir nos enfants. Nous avons pris la décision de déménager

à Barcelona où j'ai repris de nouveau mon travail de toujours (le maquettage). J'ai aussi eu la possibilité d'apprendre la C.A.O. et de passer donc au numérique, qui m'a bien servi par la suite.

Mais si le travail et la ville étaient parfaits, il en était tout autre chose en ce qui concerne l'accueil de certaines personnes inconditionnellement Nationalistes.

Nous n'étions plus vraiment en Espagne.

Conséquence de la nouvelle Constitution, accordant aux régions autonomes presque tous les droits, avec une décentralisation à outrance.

Avec pour chacune son Président, son Assemblée et ses élus, flanquées de leur pléiade de fonctionnaires.

À l'école, l'enseignement était entièrement en Catalan et nous avons dû subir des remarques désobligeantes, comme « *són estranys* », vous êtes des étrangers.

 « *Aquí parlem català* », ici on parle catalan, chose que l'on n'avait jamais entendu lorsque nous étions en France.

Bien entendu, cela serait malhonnête de dire que tous les Catalans étaient ainsi et d'en faire une généralité.

Je le reconnais volontiers, bien évidemment, j'avais aussi de très bons copains de cette région, notamment parmi mes collègues de travail chez « *Gamegam* » où « *Seat* ».

Même si je respecte parfaitement le droit inéluctable pour chacun de s'exprimer dans la langue de son choix, je suis en total désaccord quant au fait que l'on nous en impose une qui n'est pas la nôtre, ou qui ne nous intéresse pas.

Excédés, nous avons décidé de retourner en France, ce que nous avons concrétisé en novembre 1992, où j'ai intégré le Service Design de Renault, situé à Boulogne-Billancourt, juste à côté de l'île Séguin à cette époque. Lorsque nous avons pris la décision de revenir en France, mes parents sont retournés vivre de nouveau à Bischheim, dans le même quartier où ils avaient vécu, près de ma sœur et de mon frère.

Bien qu'ils me manquaient énormément, puisqu'auparavant je les voyais tous les jours, je trouvais cela normal que Paco et Pili, qui en avaient été privés pendant près de sept ans, puissent à nouveau profiter de leur présence.

À partir de là, je ne les vis plus que quelques week-ends
très sporadiquement, mais je savais parfaitement qu'ils ne manqueraient d'absolument rien, que ma sœur et mon frère étaient là, à leurs côtés, en permanence, comme ce fut effectivement le cas jusqu'à leur dernier jour.

Quant à Pili et Paco, même si je ne leur ai jamais dit car nous sommes tous les trois très pudiques avec nos sentiments, je tiens à les remercier infiniment ici, de les avoir entourés et en avoir pris soin chaque jour et à chaque instant, jusqu'à la fin.

Mon père, je suppose, était déjà malade depuis pas mal de temps, mais il gardait tout cela secret pour lui, comme à son habitude, pour ne pas nous inquiéter.

Même si je voyais qu'il avait des gros problèmes, j'avoue que je ne me rendis pas vraiment compte jusqu'au jour où ma sœur me communiqua qu'il était hospitalisé et qu'il fallait venir, car c'était sérieux.

Lorsque mon père fut hospitalisé fin juillet 1999, nous sommes arrivés, Conchi et moi, alors qu'il était sur son lit d'hôpital à Schiltigheim. Toute la famille était là auprès de lui.

Il ne parlait et ne voyait déjà plus, mais il entendait encore.

Je me suis approché de son lit, je lui ai pris la main en lui disant : « *Soy Miguel* ».

Il ne répondit pas, bien sûr, mais il me serra la main fortement « *trois fois, à la suite* ».

Je fis de même.

Je sentis alors en lui comme un très doux apaisement.

Je compris qu'il m'attendait, pour me dire adieu avant de partir.

C'était sans doute cela bien sûr, mais en y repensant plus tard, il devait y avoir quelque chose de plus.

Pourquoi m'avait-il serré la main, aussi fort, à trois reprises ? Je reste persuadé que mon père avait voulu me dire autre chose de plus qu'un simple adieu avant de partir. Cela restera une énigm pour moi, même si j'ai peut-être une petite idée.

Puis il est parti quelques heures après au cours de la nuit.
C'était le premier août 1999.

Pour nous, il fut, et restera pour toujours un père exceptionnel, aimant, joyeux et bienveillant, jusqu'au bout.

« Hasta luego, Papá ».
« Sigue tu vida en el otro mundo con tu hijo Francisco ».

La même tragédie allait se dérouler dix ans plus tard, avec la perte de notre mère, à la différence que j'eus l'occasion de passer quelques jours avec elle, ma sœur Pili m'ayant prévenu qu'elle était hospitalisée à Strasbourg, alors, mon épouse et moi sommes allés la voir, et avons pu passer quelques jours ensemble.
À cette époque, nous habitions déjà Dourdan dans l'Essonne, et elle vivait toujours dans le même appartement de Bischheim, près de Strasbourg.
Personnellement, je n'étais pas vraiment conscient de la gravité de son état, ma sœur et mon frère en savaient indûment plus, j'en suis persuadé, mais ils ont voulu me préserver.
Nous sommes allés la voir à l'hôpital, puis peu après elle semblait aller mieux, et put même rentrer à la maison. Son état paraissait s'être stabilisé.

Un jour, Conchi et moi avons même eu l'occasion de faire quelques petites promenades avec elle.

En effet, quelquefois, certains patients en phase terminale expérimentent une inexplicable récupération aussi soudaine qu'éphémère, le corps mettant toutes les dernières forces dont il dispose encore, dans un ultime soubresaut de survie.
C'est bien connu, cela à un nom :
« *Le mieux avant la fin* ».

Nous sommes donc rentrés à Dourdan par le train, mais je savais déjà que je ne la reverrais plus vivante. Effectivement, à peine arrivés, j'ai reçu un coup de fil de ma sœur Pili, me disant qu'elle était partie.
Elle s'en est allée doucement rejoindre Antonio et Francisco.
C'était le 27 août 2009.

« Adiós Mama un besito »,
« Papa y Francisco te están esperando con los brazos abiertos »

24

Mon grand regret

Je regrette amèrement aujourd'hui, de ne pas avoir remercié mes parents comme ils le méritaient, car ils nous ont aidé bien au-delà du normal.
Lorsque Celina, notre fille, était bébé, mais aussi plus tard lorsque nous avons déménagé à Salamanca et que nous habitions dans le lotissement *« el Encinar »*, ils ont toujours été là, notamment, lorsque Conchi dut venir pour m'aider à gérer nos deux établissements, puis plus tard lors de notre départ pour *« Ripollet »* en Catalogne, et que mon épouse commença à travailler à l'aéroport de Barcelona. Peu de grands-parents se dévouent de la sorte, et consacrent autant de temps à leurs petits-enfants.

Pourtant, eux, ils le firent, sans jamais se plaindre ni demander quoi que ce soit en retour. Pour eux, c'était normal.

Celina et Diana, sa sœur, sont là pour en témoigner.

Et combien d'anecdotes doivent-elles avoir de tout ce temps passé avec eux ? Elles seules le savent, et pourraient en témoigner.

Oui, c'est pour cela que je regrette aujourd'hui, et ça me fait mal, mais il est bien trop tard.

« *Celina y Diana con sus abuelitos Antonio y Antonia* »

Bien entendu, leurs autres grands-parents s'en occupaient aussi, surtout les samedis, lorsque nous sortions, ou que je devais aller jouer avec mon groupe de musique.

Alors nous les déposions chez les « *abuelos* » Remedios et Martin qui nous les gardaient jusqu'au lendemain, dimanche, où nous allions les récupérer et manger la « *Paella Valenciana* » dominicale.

Je garde un souvenir doux et élogieux de ma belle-mère « *Remedios* ».

Je revois cette petite femme déjà malade des reins quand je l'ai connue, dans leur appartement de Schiltigheim.

Plus tard, lorsqu'ils ont pu faire construire une petite maison à « *Salinas* », un village de la province d'Alicante, elle a changé.

Son regard s'est illuminé.

Je pense que malgré les difficultés de sa maladie, elle y a vécu, j'en suis certain, des moments très heureux et intenses. On peut dire qu'elle l'adorait, sa maisonnette, agrémentée de ses rosiers auxquels elle tenait comme à la prunelle de ses yeux, avec sa superbe parcelle verdoyante complètement plantée de vignes. C'était une femme gentille et intentionnée et pour moi, la meilleure des belles-mères. Elle m'aimait bien, je le sais, et c'était réciproque. Malheureusement, elle est partie beaucoup trop tôt.

« Abuelitos Martin y Reme »

25

« Nuevo Mundo »

Lorsque nous vivions à Bischheim, j'avais formé un petit groupe, *« Nuevo Mundo »*, avec lequel nous avons parcouru l'Alsace et une partie de l'Allemagne, ainsi que la Suisse.

Sans aucune prétention, nous animions les bals publics ou privés.

J'ai des tonnes d'anecdotes, des plus invraisemblables et cocasses, qui nous sont arrivées pendant les dix années de son existence, et je pourrais vous en raconter quelques-unes si un jour il existe une suite à ce récit.

« Nuevo Mundo »

26

« Salamanca »

Le Départ pour la ville

Peu de temps après la naissance de mon frère Paco, j'entrais dans ma cinquième année et comme c'était obligatoire à cette époque, il fallait me scolariser. Seulement, il y avait un problème et pas des moindres, le village se trouvait à environ huit kilomètres de la maison, et bien sûr, pas de route, pas le moindre moyen de transport.

Il fallait emprunter un petit chemin, le plus souvent invisible. Celui-ci étant très peu parcouru, il était le plus souvent recouvert de hautes herbes.

Il sillonnait la prairie, où l'on croisait des porcs Ibériques lézardant à l'ombre d'une *« encina »,* ou plus inquiétant, des troupeaux de « toros » aux regards noirs, plus que suspects.

Et je devais y aller seul, impossible à mon âge.

C'est à ce moment que mes parents ont dû prendre la décision de laisser notre petite maison et partir pour la ville.

Et nous voici arrivés à Salamanca.

Nous nous sommes installés dans la maison de notre oncle, *« Bernardino »,* parti en France peu après la fin de la Seconde Guerre Mondiale, vers 1947 ou 1948, avec toute sa famille.

À cette époque, le travail ne pas les rues, tandis qu'en France, tout était à reconstruire.

Beaucoup d'Italiens y avaient déjà émigré, presque tous pour travailler dans la construction.

Les Espagnols sont arrivés un peu plus tard.

Mon oncle Bernardino travaillait comme bûcheron, pour la SOFOEST *« Société Forestière de l'Est ».*

Au départ dans le département de la Côte d'Or, puis dans la Marne, la Haute-Marne, et L'aube.

C'est justement là, dans un petit village appelé *« Éguilly - sous – Bois »,* à côté d'Épernay, qu'on allait se retrouver en février 1961, lors de notre arrivée en France, mais nous verrons cela un peu plus loin.

Pour le moment, nous venions d'emménager dans leur maison qui était restée vide, et notre vie allait prendre un sacré tournant.

La demeure se situait au numéro 18 de la rue « *El Cordel de Mérino* », au sud de la ville, près du célèbre « *Puente Romano* », qui à cette époque était le seul qui enjambait « *el Tormes* », la large rivière bien que peu profonde, à cet endroit. La célèbre construction plus que millénaire permettait l'accès au centre-ville situé un peu en hauteur, sur l'autre rive.

Quelques années après, je vis la construction du « *Puente Nuevo* », un nouveau pont à double voie, beaucoup plus large, qui facilitait le passage simultané de gros camions, et qui contribuait aussi à soulager ce pauvre vieillard, qui en avait vu et supporté, des piétons et véhicules de tout genre, depuis sa construction à l'époque Romaine.

Dès notre arrivée à Salamanca, nos parents me placèrent à l'école primaire publique du quartier.

Maria et Paco étaient encore trop jeunes, les enfants n'étaient pas scolarisés avant quatre ou cinq ans.

Pour moi, habitué à passer mon temps à gambader dans la campagne, ce fut un changement de taille, d'autant que tout était nouveau pour moi.

Je n'avais pas le moindre repère dans cet environnement si différent de celui que j'avais connu jusqu'alors.

La grande ville, les nombreuses automobiles, les gens, les bruits les habitudes et bien d'autres choses qui m'interpellaient et qui m'étaient inconnues.

À l'école ce n'était pas mieux, je me demandais souvent ce que je faisais là et dans quel but.

Mais heureusement, les autres élèves étaient sympas avec moi et je n'allais pas tarder à me faire quelques copains.

« *Pepito* » comme ils m'appelaient le plus souvent,

« *Pepe* » ou « *Pepito* » pour les enfants, en général, c'est le surnom que l'on donne à tous ceux qui se prénomment « *José* », comme « *Paco* » pour « *Francisco* ».

En Espagne, même de nos jours, beaucoup de prénoms ont un substitutif et la plupart un diminutif, c'est comme cela.

Je me suis donc finalement bien intégré dans ma petite école du quartier, d'autant que mes copains étaient en même temps mes voisins.

Nous portions tous, y compris le maître, une blouse grise, exactement la même que j'allais retrouver quelques années plus tard, quand nous sommes arrivés en France.

Je me souviens encore de mon meilleur copain « *Cuco* » qui était mon voisin, et vivait avec sa grand-mère, au numéro 16 de la même rue. Ses parents travaillant à Madrid. Je ne me souviens plus de son vrai prénom, peut-être même que je ne l'ai jamais su.

Nous partions ensemble à l'école, tous les matins.

Un mois sur deux, nous avions avec nous notre grand-mère maternelle, « *Ramona* ».

C'était la seule grand-mère que nous avons eu la chance de connaître.

Notre mère Antonia et sa sœur Pilar, qui vivait à « *Tamames* », un gros village à une cinquantaine de kilomètres de Salamanca, se la partageaient en l'hébergeant chacune leur tour, comme c'était habituel en Espagne à cette époque.

Je l'adorais et nous étions heureux quand elle était avec nous. C'était elle qui s'occupait de nous trois, notre père partait tôt à son travail et quand elle était là, notre mère profitait pour faire quelques petits boulots, qui permettaient de mettre un peu de « *beurre dans les épinards* ».

Dans le quartier, tout le monde se connaissait et la plupart du temps nous vivions dehors.

C'est là que nous avons découvert la télévision.

Le petit bar près de chez nous était le seul à être équipé de cette curieuse et étrange boîte magique à travers laquelle nous découvrions le monde en noir et blanc.

C'était tellement extraordinaire, que nous étions tous, enfants et adultes, ébahis par cette étrange chose, cela nous semblait presque irréel.

Je découvris aussi le cinéma, quand quelquefois mes parents m'emmenaient voir un nouveau film de « *Joselito* », ou « *Marisol* ».

Ils sortaient quelquefois en ville, le plus souvent avec notre oncle « *Celedonio* » et notre tante « *Manuela* », Pili et Paco restaient à la maison avec grand-mère.
Là, j'avais le droit aussi de boire un « *Coca-Cola* » ou un « *Kas naranja* ».
Lorsque nous sommes venus habiter à Salamanca, nous avons eu un chien, il était de pure race, un « *Pointer Anglais* ».
Il était de taille moyenne, couleur marron, et on l'avait nommé « *Puiter* ». Nous lui avions construit une niche dans notre petite cour, nous l'adorions et bien entendu il venait avec nous lorsque nous partions passer l'été à « *Carrascal* ».
Ce fût notre premier animal de compagnie, je ne sais pas dans quelles circonstances notre père nous l'avait offert, ni ce qu'il est devenu lorsque nous sommes partis en France.
Nous l'avons certainement donné à l'un de nos voisins.

« Abuelita Ramona »

27

« Colegio La Salle »

« La Salle »

Très vite, « Don Amador » proposa à mon père de me changer d'école et de m'inscrire *« dans le privé »*, en lui proposant de payer une grande partie des frais de scolarité. Ce fut pour moi une incontestable aubaine, le fait de pouvoir intégrer une telle institution, surtout à l'époque où le statut social était la première condition requise pour y accéder.

Je ne remercierai jamais assez *« Don Amador »* de m'avoir offert cette opportunité.

Car c'est grâce à lui, à ses contacts, et surtout à sa générosité, que cela fut possible.

« *La Salle* » à l'époque, était le « *nec plus ultra* » en éducation, à l'avant-garde des méthodes archaïques pratiquées depuis bien longtemps dans l'école publique, par manque avant tout de moyens.

Tout était nouveau, nous disposions tout d'abord de vastes locaux modernes, complémentés d'équipements sportifs de toutes sortes, une aubaine à l'époque.

Mais ce n'était pas tout. Nous avions même une salle de cinéma privée située au dernier des cinq étages du bâtiment, des salles de cours amples, des pupitres et l'ensemble du mobilier était flambant neuf.

Même les outils éducatifs étaient impensables, comme un « *magnétophone à bande* », chose dont j'ignorais jusque-là l'existence.

« *La Salle* », prestigieuse école d'origine Française créée sous Louis XIV à Reims par « *Jean Batiste De La Salle* » en 1651.

Elle est encore aujourd'hui, présente dans de nombreux pays à travers le monde.

Là aussi j'expérimentais un changement considérable, c'était des « *Hermanos* », Frères, en soutane noire, qui nous donnaient l'ensemble des cours, y compris le sport.

Le niveau, était inéluctablement bien supérieur à celui de l'école publique, les moyens aussi.

La cravate, bien que non obligatoire, était la bienvenue pour tous les élèves, mais une tenue impeccable demeurait de rigueur et chaque matin, les frères
« *Lasalianos* », vérifiaient la propreté de nos mains et nos ongles, mais aussi des cheveux et de notre tenue en général. Nous avions tous en plus de notre cartable, un verre, dans un petit sac en tissu, que l'on nous remplissait de lait et que nous prenions pendant la récréation vers dix heures, avec une portion de fromage, ou une part de « *Bollo Maimon* », sorte de Kouglof Alsacien.
Cependant, je suppose, par décision du gouvernement Franquiste, chaque matin avant d'accéder à nos classes, nous devions inévitablement nous placer en rang parfait, le bras levé, et chanter.
« *el Cara al Sol* » hymne de la « *Falange* ».
« *La Phalange* » était un groupuscule, né avec l'arrivée du Franquisme, et dirigé par José Antonio Primo de Rivera, fils de l'ancien dictateur qui gouverna avant la République, « *Antonio Primo de Rivera* ».
Au début, il était surtout composé de femmes, qui venaient en aide aux plus déshérités, en apportant un soutien aux familles, puis plus tard, une partie se radicalisa, et finit par devenir le groupe des basses besognes du gouvernement.
Il amplifia son pouvoir et finit par devenir un véritable parti politique, ce qui ne plaisait plus vraiment à Franco.

À l'entrée de chaque village, ils firent installer leur emblème.

« Un joug percé de cinq flèches »

28

« Ma classe de La Salle »

Los Amigos

Dès mon arrivée à « la Salle », je me suis fait quelques bons copains. L'un des premiers s'appelait *« Portilla »*, et il habitait aussi près de chez moi.
Nous traînions dans les rues du quartier pendant des heures, après avoir fait nos devoirs, bien sûr.
Il y avait aussi *« Cuco »*, et surtout *« Pedro »*, le futur torero. *« Pedro Gutierrez Moya »*, il venait nous retrouver tous les jours, car il habitait quelques rues

plus loin, dans le « *Barrio Chamberi* » où il était né, en 1952.

Il allait devenir célèbre, le meilleur « *Maestro* » de sa génération, sous le surnom de « *Niño de la Capea* », nom issu de l'école de tauromachie « *Capea* », située juste à côté.

Il achètera par la suite une « *ganaderia* », un élevage, « *Espino Rapado* » à deux pas du petit village de « *San Pelayo de Guaraña* », en plein « *Campo Charro* ».

On voyait déjà pointer son « *afición* » pour la tauromachie car à la moindre occasion, il simulait les passes de « *muleta* », avec une simple chemise ou une serviette. Pourtant, il était issu d'une famille modeste comme toutes celles du quartier, puisque, son père comme le nôtre, étaient aussi collègues dans la même entreprise de construction où ils gagnaient leurs vies comme maçons.

En ce qui me concerne, je n'ai jamais vraiment été un « *aficionado* », je préférais voir les taureaux déambuler à leur aise dans la prairie.

Nos parties de « *chapas* » ou « *canicas* » étaient souvent interminables, et il fallait que nos parents nous appellent à maintes reprises pour que nous daignions enfin rentrer pour dîner.

À la récré c'était la même chose, nous formions un groupe inséparable, toujours dans la même équipe pour le foot ou le handball.

« El Niño de la Capea »

Les frères nous accompagnaient vêtus de leur soutane noire, qu'ils devaient souvent légèrement retrousser pour ne pas s'y prendre les pieds.

Cela nous provoquait systématiquement des fous rires que nous essayions de dissimuler pour ne pas les vexer.

Par la suite, comme je le sais maintenant, la vie allait nous offrir des destins bien différents.

Je suppose que c'est la même chose pour la plupart des personnes. Mais les souvenirs parfois têtus nous font repenser à ces instants, que nous aimerions tous à un moment où un autre revivre, ne serait-ce que pour quelques minutes éphémères.

« *La Salle* » formait des élèves, du primaire jusqu'au baccalauréat. La majorité était composée d'internes qui venaient de très loin, et ne rentraient chez eux que pour la fin de semaine et les vacances.

Moi, j'étais parmi les externes, qui regagnaient la maison chaque jour.

Si nos moyens d'étude étaient à la pointe du progrès, nos jouets, étaient eux des plus simples et rudimentaires.

Autre l'incontournable lance-pierres, qui ne quittait jamais notre poche, nous avions *« la peonza »*, toupie, *« las canicas »*, billes, *« el aro »*, simple roue de vélo dépouillée de l'axe et des rayons, que nous poussions à l'aide d'un guide formé par un gros fil de fer d'environ soixante centimètres, et recourbé à son extrémité en forme de U, ce qui permettait de pousser et diriger la jante à droite et à gauche. Les billes, ou les *« chapas »,* capsules métalliques de bouteilles de bière ou de sodas, dans lesquelles nous placions l'image d'un joueur de foot, ou un cycliste, puis sur lesquelles nous posions un morceau de verre, découpé en rond, avec la plus grande difficulté, avec un silex, le tout tenu en place, avec un peu de mastic.

Bien que très laborieux et difficile à fabriquer sans les outils adéquats, nous en avions tous une bonne collection.

En parlant de collection, nous avions aussi « *los cromos* », images de footballeurs, que l'on collait dans un petit album que nous pouvions acheter dans les kiosques en sachets de cinq et dont nous nous échangions les doubles.

Dans ce domaine, j'étais un des privilégiés, car j'avais toujours quelques pièces de monnaie, que l'oncle Cele, ou notre autre oncle Angel, me donnaient de temps à autre.

Je pouvais ainsi m'offrir des « *cromos* », mais aussi, des bandes dessinées à prix réduit dans « *el ecomomato* » de l'école.

J'aimais bien celles du « *Capitan Trueno* », « *El Jabato* », ou encore « *Michel Vaillant* », célèbre bande dessinée Française, disponible aussi en Espagnol, à cette époque.

Une parmi tant d'autres :

Una, Dole
Tele, Catole
Quile, Quilete
Estaba, La reina
En su, Cabinete
Vino, El gil
Apago, El candil
Candil, Candilón
GUARDIA y LADRON

Les filles en avaient des tas aussi pour jouer à
« La comba »

- *El patio de mi sasa, es particular...*
- *El cocherito lere, me dijo anoche lere ...*

Ect. ect. ect.

Au début de notre arrivée à Salamanca, j'étais obnubilé
par le passage des trains, avec les grosses locomotives à vapeur, et leur panache de fumée que l'on pouvait voir depuis chez nous. C'était toujours un moment impressionnant pour moi.
Très souvent lorsque nous allions à l'école et que nous passions sur le pont du chemin de fer, nous posions des capsules de bouteilles sur les rails et au retour, nous descendions dans le talus, car il n'y avait aucune barrière ni grillage, pour les récupérer toutes aplaties. Quand j'y repense aujourd'hui, c'était vraiment d'énormes bêtises.
Toutefois, le 6 janvier, jour des *« Reyes Magos »*, les rois mages, après la fête où étaient conviés nos parents, nous avions droit à une distribution de beaux jouets en métal. Dans une pièce pleine à craquer, nous pouvions les choisir chacun à notre tour, en fonction des bons points accumulés pendant l'année.
C'était indéniablement, une journée mémorable.

29

L'Éducation

L'éducation des enfants avait une très grande importance, à l'école comme à la maison. Surtout si tu voulais faire partie d'une certaine classe moyenne ou avoir accès à un emploi correct.
Par exemple, le vouvoiement des parents était systématique chez nous, comme chez tous ceux que je connaissais. Il nous était inculqué à l'école par les cours de morale, dans le public, mais surtout dans le privé et qui plus est chez les Frères Catholiques. Chaque matin, une phrase de morale était écrite sur le tableau vert et dès le début des cours, elle nous était expliquée et longuement développée. Nous avons

toujours vouvoyé nos parents, cela nous a semblé quelque chose de normal et nous avons continué naturellement à le faire jusqu'à leur départ. Bien entendu, aujourd'hui plus aucun enfant ne le fait, les coutumes ont changé et les valeurs aussi, mais à l'époque c'était la normalité. Et même lorsqu'un adulte lambda te faisait une remarque sur un mauvais comportement, tu ne répondais pas, au contraire tu l'écoutais sans rechigner.

Lorsque le professeur te punissait, et à l'époque c'était assez sévère, puisqu'en plus de quelques coups de règle sur les doigts, ou des douloureux étirements d'oreilles, tu devais copier une centaine de lignes, ou conjuguer une dizaine de verbes au « *plus que parfait* », ou bien, à « *l'imparfait du subjonctif* », ou tout autre de ces jolis verbes irréguliers bien gratinés. Si jamais tu avais le malheur de te plaindre à tes parents, ceux-ci, sans la moindre hésitation, t'en mettaient le double.

Par exemple, je n'ai jamais vu des parents venir protester chez le Principal, ou à un Professeur, au sujet d'une punition, quelle qu'elle fût. C'était cela l'éducation et ça portait ses fruits. Quand je vois ou on en est arrivés aujourd'hui, ça me désole.

Pour certains ça peut paraître dépassé, mais l'efficacité et les résultats étaient incontestables.

30

El Practicante

Vers l'âge de six ou sept ans, j'ai eu une grosse anémie et le médecin m'a prescrit trente injections de pénicilline, suivies de trente autres, car ce n'était pas suffisant pour en venir à bout.
Je n'ai jamais oublié cet épisode de ma vie, qui fut pour moi un véritable cauchemar.
J'allais rester pendant des années marqué par une véritable hantise des piqûres.
Mais plus que les injections, qui en soi étaient très douloureuses, c'était surtout la mise en scène qui allait me créer pendant très longtemps un véritable traumatisme.

Comme c'était au début du printemps, ma grand-mère aimait, les matins où il faisait beau temps, sortir sa petite chaise en paille tressée sur le pas de la porte, pour prendre un peu le soleil. Souvent, en attendant l'heure de partir à l'école, je sortais avec elle pour attendre notre méchant monsieur.

Avec sa sacoche en cuir noir, son air bourru et son pas lent mais assuré, nous le voyions monter la petite pente de notre rue. Mon ventre se nouait dès que je l'apercevais.

Puis commençait le cérémonial.

Il sortait tout son attirail de ses petites boîtes en fer-blanc où il gardait ses seringues, et les désinfectait en les faisant flamber avec un peu d'alcool.

C'était une véritable mise en scène.

Pendant deux mois, tous les matins avant de partir à l'école avec ma mère, ou ma grand-mère quand elle se trouvait à la maison, nous attendions « *el Practicante* » qui venait ponctuellement m'injecter le fameux liquide.

Et je dis fameux puisqu'à cette époque c'était le remède miracle, qui servait à soigner à peu près tout. En effet la *« Pénicilline G »,* qui fut découverte en 1929 par le Britannique Alexander Fleming, fut une véritable aubaine, et marqua un indiscutable tournant dans la médecine, tout comme le vaccin contre la rage du Français Louis Pasteur.

Mais revenons à nos moutons, ou plutôt à mes fesses.

Et je ne dis pas cela par un inopportun manque de politesse, mais tout simplement parce que c'est à cet endroit précis de mon anatomie, que le petit homme à la sacoche noire s'acharnait jour après jour, à me planter telle une banderille, son aiguille à la pointe émoussée depuis bien longtemps, par les longs mois de bons et loyaux services.

31

Mi Primera Comunión

À l'âge de sept ans, comme il était habituel à l'époque, je fis ma Première Communion.
Elle eut lieu dans L'église de « *Tejares* », petite localité de la proche banlieue de Salamanca, située tout près

de « *La Salle* ». Tous mes oncles et mes tantes, ainsi que les cousins étaient là.

À cette époque en Espagne, les filles faisaient leurs communions habillées en petites mariées, et les garçons en costume, ou plus chic, en uniforme de toutes sortes, mais toujours flanqués d'une jolie garniture sur le bras gauche.

Et je dois reconnaître que j'étais un peu hautain, dans mon magnifique uniforme bleu ciel d'officier de Marine. Avec ma croix, mon missel et mon chapelet, tous nacrés de blanc, que je tenais dans mes mains revêtues de jolis gants immaculés. Quand j'y pense aujourd'hui, mes parents avaient dû travailler dur, pour m'offrir cet habit. Sans compter le repas pour les invités et tous les frais occasionnés par cet événement. N'ayant pas de place dans la maison, mon père avait installé une grande table, à l'ombre des deux grandes vignes grimpantes qui ornaient l'entrée du logis, et qui couvraient presque la totalité de notre cour, fournissant un bien appréciable et agréable ombrage, les jours de soleil.

Pour le repas, pas de problème. Comme il est de coutume, surtout dans le Nord de L'Espagne, chacun mettait un point d'honneur à apporter une multitude de victuailles.

« *Rosquillas, empanadas, bollos* » de toutes sortes, « *mazapan* » et de nombreux plats cuisinés. À la fin, beaucoup trop comme toujours.

Pour l'occasion, mon père avait fait une folie.
Il avait acheté un poste radio, avec son voltmètre, obligatoire à cette époque, si l'on ne voulait pas griller les lampes à la première utilisation. Avec son antenne, sorte de ressort que l'on tendait à travers toute la pièce.
Nous pouvions enfin écouter les informations, des chansons, de la musique et pour ma mère et ma grand-mère, suivre les nombreuses « *telenovelas* » chaque jour, malgré la publicité, qui à l'époque s'était déjà taillé une bonne part sur les ondes.
Mais seulement les ondes courtes et les longues, la FM n'existait pas encore. Nous écoutions surtout « *Radio Salamanca* » où nous pouvions avoir les informations locales et pour une somme modique, dédicacer une chanson à un proche. Mais pour les nouvelles plus fiables, c'était surtout sur « *Radio Andorra* ».
Les concours de chant ne sont pas une nouveauté d'aujourd'hui, ils existaient déjà à cette époque, d'abord à la radio, puis à la télévision.
En Espagne, nous avons eu nos représentants comme les célèbres Joselito et Marisol, mais aussi Manolo Escobar, Antonio Molina ou encore Rafael Farina et bien d'autres, tous issus de ces concours de chant.
Ils créèrent ainsi, un nouveau genre de cinéma, « *La Comédia musical Española* », consacrée presque exclusivement à la promotion et la vente de leurs disques.

32

Le retour à la « Finca »

Lorsque nous avons déménagé à Salamanca,
« *Don Amador* » avait proposé à mon père de venir travailler à la « *finca* » chaque année, pendant les vacances d'été.
Alors dès que les cours étaient finis, c'était le départ ou plus exactement, ils venaient nous chercher avec leurs automobiles, et c'était parti pour deux mois.
Pour nous, c'était le début des vacances tant attendues et enfin, elles étaient là, à portée de main. Nous les attendions avec tellement d'impatience.
Nos parents aussi étaient contents, même si pour eux c'était pour le travail, mais bien différent, plus détendu et plaisant.

En fait tout le monde était content, et en plus, des revenus assurés pendant deux mois, sans aucun frais, ce n'était pas négligeable.

Notre père retrouvait sa « *heurta* », notre mère s'occupait de laver et repasser le linge de « *Los Señores* », et nous trois, reprenions nos mêmes et amusantes bêtises.

Tout près de la maison, il y avait un énorme tas de grosses pierres. D'autres encore étaient disséminés aléatoirement un peu partout. Les employés de la propriété les ramassaient dans la prairie, les jours ou ils n'avaient pas d'autres tâches.

Pour de simples raisons, ces grosses pierres, le plus souvent dissimulées sous les hautes herbes, pouvaient blesser les chevaux, ou les « toros ». Pour ceux-ci, une simple foulure les rendait impropres à la vente.

Pour les chevaux, une longue immobilisation pouvait leur laisser des séquelles, les rendant inaptes à leur travail extrêmement difficile, ou ils pouvaient finir euthanasiés en cas de fracture d'un membre.

La perte financière était donc considérable pour se permettre de courir le moindre risque, surtout avec ce genre d'animaux « *pur-sang* ».

Ces nombreuses pierres, servaient aussi à construire les interminables murs, le long des routes qui traversaient la « *finca* ».

Ces murs évitaient, enfin pas toujours, de se retrouver nez à nez, avec une bête sauvage de cinq cents kilos, au beau milieu de la chaussée au détour d'un virage.

Cet énorme tas de pierres, était pour nous un admirable terrain de jeu. Nous cherchions les petits lézards qui réchauffaient leurs corps au soleil, et à chaque fois qu'on croyait en avoir attrapé un, on se retrouvait avec un simple bout de leurs queues dans la main. Nous essayions aussi de monter des piles les plus hautes possible, ou creuser des cavernes, et c'était bien rare, lorsqu'on ne finissait pas, l'un ou l'autre, avec des doigts en sang, ou les genoux écorchés, et notre mère invariablement de dire :
« *Ya os lo tengo dicho mil veces, pero ni caso* ».
Alors on avait droit au pansement maison.
Elle nous désinfectait la plaie avec un peu d'eau-de-vie et elle découpait une petite bandelette de tissu dans un vieux drap blanc. « *Oh ! Oh ! Oh ! Jolie poupée* ».
Le plus dangereux, que l'on n'avait absolument pas le droit de faire, mais qu'on adorait, malgré la peur, c'était la chasse aux serpents. Nous étions vraiment inconscients, car nous n'avions pas la moindre idée du danger. Il y en avait de toutes sortes et de toutes les couleurs. Mais cela, bien entendu, on ne le disait pas à nos parents, on a vraiment eu de la chance, puisque nous n'avons jamais été mordus.
Autre chose très excitante, c'était la chasse aux nids. C'est extrêmement facile de grimper dans les « *encinas* », ce sont des arbres trapus avec de grosses branches très solides. Les escalader était un jeu d'enfant pour moi.

Mais on ne devait surtout pas toucher les nids, sinon, les oiseaux ne couvaient plus les œufs, car ils les savaient vulnérables. Notre père nous le répétait tout le temps.

Alors nous nous contentions juste de les regarder de près.

Les nombreuses petites sources, qui affleuraient un peu partout, étaient aussi un de nos passe-temps favoris.

Il y avait aussi *« los tira chinos »,* lance-pierres, pour chasser les moineaux, mais nous les manquions toujours.

Près des points d'eau, on pouvait voir des centaines de cigognes. Elles revenaient inexorablement au printemps, après avoir passé l'hiver au Sud de l'Espagne ou au Nord de l'Afrique.

Leurs inconcevables nids, toujours accrochés en équilibre aux clochers des églises, sont pratiquement indestructibles, par leur solidité.

En hiver, qu'il neige, qu'il pleuve ou qu'il vente, rien ne peut les atteindre. Ce sont de véritables œuvres d'art de branches entrelacées et une incontestable prouesse de solidité.

Les couples les plus téméraires, remontent à travers la France, jusqu'en Alsace, où l'on peut en admirer encore aujourd'hui, quelques exemplaires.

« Couple de cigognes dans leur nid »

Mais surtout, lorsque nous venions passer les étés à « *la finca* », pendant que notre Père s'occupait de la « *heurta* », notre mère faisait les menus travaux chez les propriétaires, la plupart du personnel de maison étant en vacances, sauf la Señora Virginia, toujours fidèle au poste.

Elle aidait au ménage, au repassage et bien d'autres tâches dans la vaste maison et faisait parfois aussi la cuisine.

Pendant ce temps, ma sœur mon frère et moi, aimions faire le tour des bâtiments où étaient entreposés les nombreuses machines et outils utilisés pour les travaux. C'était une véritable aubaine pour nous, qui adorions faire la découverte de tout ce matériel.

Nous aimions aussi jouer dans la vieille calèche couverte, que Don Amador et sa famille utilisaient jadis, pour aller à Salamanca, tirée par deux chevaux, et qui était entreposée là dans une remise. Il y avait aussi une vieille automobile Ford, qui n'était plus employée, car ils avaient acheté une Seat 124 désormais, pour leurs déplacements.

Alors nous en profitions pour faire des voyages imaginaires dans la calèche ou la vieille Ford.

D'autres fois, nous montions dans le pigeonnier, qui était une véritable tour de château fort.

La partie basse était remplie de machines et outils de tout genre, puis il y avait un petit escalier en bois, qui menait jusqu'aux combles où se trouvait le pigeonnier, sorte de plate-forme percée de trous sur tout son pourtour.

Les pigeons ne cessaient d'entrer et sortir, dans un vacarme indescriptible. Je vous avoue que nous en avions peur et nous ne restions jamais très longtemps dans cet endroit inhospitalier, alors nous préférions aller voir les petits cochons téter leurs mères ou les chevreaux. Puis c'était l'heure du goûter et nous courrions voir la Señora Virginia, qui nous préparait un immense goûter, avec toujours son inégalable gentillesse.

Je me souviens aussi, les jours de gros orages, c'était un véritable feu d'artifice, non pas à cause des éclairs, mais les employés de « *la finca* », mettaient en place une série de fusées que l'on envoyait au beau milieu des gros nuages, noirs, pour les faire éclater avant qu'ils ne se chargent complètement d'eau et viennent déverser leurs torrents sur les cultures.

Et je dois dire que ça fonctionnait très bien. Quelques minutes après, une petite pluie tombait en douceur, ce qui comblait les besoins des semences.

De temps en temps, nous allions rendre visite à notre oncle et notre tante de « *Tamames* », un grand village situé plus au sud de la province à une trentaine de kilomètres de « *Carrascal* », près de la Célèbre « *Peña de Francia* », une montagne sur la commune de « *el Cabaco* » couronnée par le sanctuaire de « *Nuestra Señora de la Peña de Francia* » et quelques commerces de souvenirs et d'hôtellerie, qui culminaient à plus de 1700 mètres.

L'accès y était très périlleux à cette époque : il fallait emprunter une petite route très étroite et non goudronnée.

« *Tamames* » était déjà à cette époque un village important, d'environ 900 habitants, vivant pour la presque totalité de l'élevage.

Notre oncle Arjimiro, « *Jimi* », était coiffeur-barbier, et s'occupait aussi à ses temps libres de ses animaux : porcs, vaches laitières, chevaux et animaux de basse-cour, sans oublier les terres où il cultivait les céréales pour les animaux et un peu de potager.

Les plus grands de ses cinq enfants, l'aidaient pour l'ensemble des besognes. Quant à notre tante « Pilar », la sœur de notre mère, elle se consacrait, outre les tâches ménagères, à la vente du lait, que les voisines venaient chercher chaque soir après la traite avec leurs cruches en aluminium.

Leur maison était à proximité immédiate de la place où se trouvaient la plupart des magasins, ainsi que l'église, et « *el Cuartel de la Guardia Civil* », la gendarmerie. À ce sujet, si l'on avait besoin des services de ces valeureux fonctionnaires, nous avions plus de chance de les trouver à la terrasse d'un des nombreux bars du coin, qu'à leur poste.

Pour nous y rendre, nous empruntions « *el Coche de línea* » l'autocar, qui reliait chaque village matin et soir à la capitale.

Notre tante « *Pilar* », est l'une des personnes les plus aimables que j'ai jamais connue.

Sa gentillesse et son dévouement n'ont pas de limite.

Bien plus tard, alors que nous habitions en France, c'était là-bas que nous passions les vacances d'été, nous débarquions tous avec femmes, parents et enfants, chez eux, où nous passions toutes nos vacances. C'était pour elle un vrai bonheur de nous accueillir.

Pourtant, nous lui causions des dépenses et du travail, puisqu'elle nous hébergeait et préparait les repas pendant tout notre séjour.

Nous en avons tous gardé une multitude de souvenirs impérissables et passé des moments de pur bonheur.

En partant, nous lui laissions souvent un petit pécule bien symbolique (si l'on tenait compte des dépenses que nous lui avions occasionnées) toujours en cachette, sinon elle se serait fâchée, et n'aurait jamais accepté.

Le moment du départ était toujours émouvant et il fallait la voir pleurer, lorsque nous la quittions.

Tante Pilar, a été et reste encore aujourd'hui une femme formidable de gentillesse et de bienveillance. Je dois avouer, que dans ma vie je n'ai jamais rencontré de personne comme elle.

« *Tia Pilar, tio Jimi y Primos* »

D'autres fois, nous allions à « *Linares* », le village natal de notre mère, ou à « *San Miguel* » celui de notre père, où habitait son frère, notre oncle « *Quico* », et notre tante « *Agueda* ». C'était l'occasion de les voir et pour notre père, de retrouver son grand frère, resté depuis toujours au village. « *San Miguel* » se trouve juste au bord d'un précipice impressionnant, qui en empruntant sa minuscule route sinueuse, serpente la montagne et nous conduit à un petit village engoncé au fond de la montagne, « *Valero* ».

Cette partie de la province, est la fin de « *La Meseta Castellana* », Plateau Castillan.

À partir de là, commence la sierra de « *las Quilamas* » où notre père pendant sa jeunesse, menait les troupeaux de chèvres. Elle est voisine de « *las Hurdes* », située dans la province d'« *Extremadura* » où pour la petite histoire, fut tourné en 1932, le film documentaire de Luis Buñuel « *Tierra sin Pan* », Terre sans Pain. C'était à l'époque certainement l'endroit le plus oublié et miséreux d'Espagne.

« *Sierra de Las Quilamas* »

33

Naissance de « Castilla »

Le Royaume « *de Castilla* », est né avec l'évolution d'un petit Comté de « *Léon* » au IXe siècle.
Quelques Seigneurs locaux, étaient en désaccord avec le Roi de « *Léon* », qu'ils trouvaient peu entrain à apporter des évolutions et des réformes modernes, permettant entre autres l'exploitation de la laine, matière première en abondance et de grande quantité dans la région. Au lieu de favoriser la fabrication de tissus et vêtements sur place, tout était envoyé en Flandres, à cette époque territoire faisant partie du vaste Empire de « *Carlos V* », Charles Quint, pour ensuite, en importer les produits manufacturés, vendus au prix fort. Ils décidèrent alors, un boycott total des impôts. Le Roi exaspéré, finit par leur accorder, une sorte d'autonomie.
Le petit Comté, se mit à prospérer d'une manière fulgurante et des manufactures surgirent de toute

part, apportant aussi des richesses et le bien-être des habitants. Bientôt, on manqua de place et la seule possibilité de s'étendre, était de combattre « *los Moros* », les Maures, et de récupérer les terres occupées par les envahisseurs Arabes.

Très vite, « *Castilla* » devint un Royaume considérable dans la péninsule Ibérique et sans aucun doute le plus important aux niveaux géographique et politique.

Dès lors, surtout grâce à la Reine « *Isabel I* » mariée à « *Fernando* », Roi d'Aragon, que l'on connaîtra sous le nom des Rois Catholiques, « *Castilla* » devint le Royaume leader de la péninsule.

Les deux Royaumes ayant fusionné, n'eurent de cesse, de combattre « *Los Moros* » qui avaient envahi dans un premier temps, l'ensemble de l'Espagne, ayant même traversé les Pyrénées, montant jusqu'à Poitiers, en France. Cependant, ils furent très vite refoulés par « *Charles Martel* », Duc des Francs, et dirigeant de la France, qui les repoussa au-delà des Pyrénées puis rapidement délogés du nord de l'Espagne, lors de la célèbre bataille de « *Navas de Tolosa* » en 1212, au-delà du fleuve « *El Ebro* ».

Les Aragonais, furent parfois réticents à prendre part aux incessantes batailles qui selon eux, coûtaient trop cher et ne leurs rapportaient aucun bénéfice. Et ce fut surtout l'opiniâtreté de la Reine « *Isabel I* » qui permit de gagner de nombreux combats conduisant finalement à la « *reconquista* », la reconquête.

« El Cid »

Ce sont donc les Rois Catholiques, aidés par un valeureux Chevalier connu sous le nom *« El Cid »*, qui eurent malgré tout, grande peine à déloger les Maures, de la côte Méditerranéenne.

Malgré les attaques incessantes, surtout à « *Valencia* » et sa région, les envahisseurs étaient soutenus par une grande partie de la population locale, car ils leurs offraient des nombreux avantages, surtout pécuniaires.

De nos jours on continue toujours à célébrer dans de nombreuses localités de la « *Costa blanca* », de fastueuses fêtes dans les rues mettant en scène les « *Moros y Cristianos* ».

El Cid les repoussa finalement jusqu'à « *Granada* », où ils se réfugièrent dans le Califat de Muhámmad XII connu sous le nom de « *Boabdil el Chico* » que l'on surnommait ainsi à cause de sa petite stature.

Malgré sa ténacité à s'accrocher à ce qui restait de son Empire, il fut réduit à se réfugier dans son dernier bastion construit sur les collines entourant la ville de « *Granada* ». Cependant, la ténacité de la valeureuse Reine « *Isabel I* », mit fin à l'occupation de l'Europe par les Arabes, avec la reddition du célèbre bastion de « *la Alambra de Granada* », château fort et ensemble fastueux de jardins et dépendances qui fut le dernier refuge du Calife. Il revint enfin aux mains des Chrétiens, le 2 janvier 1492.

Les Maures durent retraverser le détroit de Gibraltar, escortés par les navires de la flotte Castillane.

Les Castillans s'établirent sur quelques places fortes au Nord de l'Afrique, pour en dissuader un éventuel retour. Le cauchemar avait pris fin, l'Espagne était enfin libérée.

« Reddition des derniers Maures à Granada »

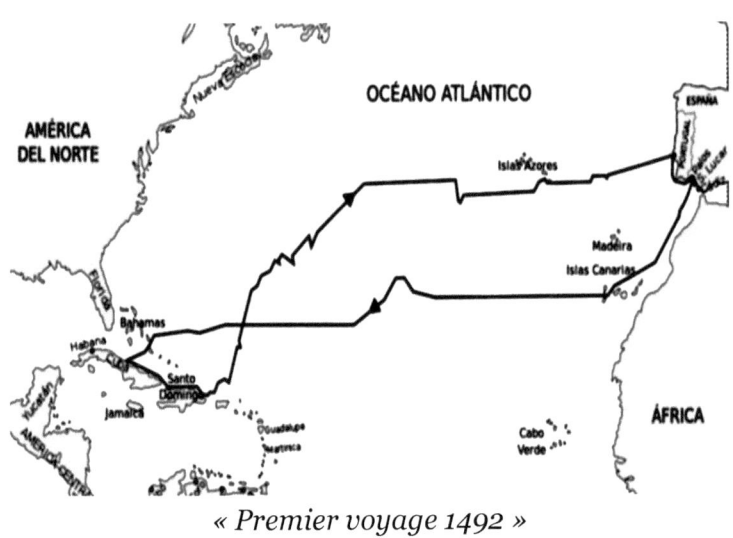

« Premier voyage 1492 »

Les siècles d'or de « Castilla »

Le XVe et le XVIe, furent les siècles d'or de « *Castilla* » D'abord avec la fin de l'occupation Islamique le 2 janvier 1492, puis, cette même année eut lieu, un autre événement d'une remarquable importance.
La découverte de l'Amérique, par l'expédition de Christophe Colomb et les frères « *Pinzon* », le 12 octobre 1492.
Comme je l'ai déjà mentionné, Christophe Colomb était davantage connu pour ses exploits d'aventurier, plus que de grand navigateur.

Après avoir offert ses services à l'Italie et au Portugal qui les refusèrent catégoriquement, il se présenta à la Reine de Castille « *Isabel I* », qu'il réussit à convaincre de financer une expédition pour rejoindre les Indes en navigant vers l'Ouest. Les éminents « *Catedros* » de l'université de Salamanca, lui avaient assuré qu'il devait forcément y avoir un Continent à l'Ouest de l'Europe.

Ce fût donc grâce à la Reine « *Isabel I* » de Castille que Colomb réussit à équiper trois navires.

Pas trois « *caravelles* » comme on le dit souvent, mais une caraque, « *la Santa maria* » dont il fut le commandant, et deux caravelles « *la Pinta et la Niña* ».

Commandées par les frères « *Pinzon* », marins de grand prestige en Castille, avec pour équipage 87 hommes et quelques « *hidalgos* ».

La reine ayant imposé malgré tout, que l'ensemble des équipages, soient des Espagnols.

Ce furent les caravelles des frères « *Pinzon* », plus rapides que la caraque de Colomb, qui découvrirent les premiers les terres d'Amérique. Partis le trois août 1492 du port de « *Palos* », ils atteignirent les côtes des îles Caraïbes le 12 octobre 1492.

Mais Colomb, sur sa caraque, plus lente que les caravelles, se perdit et les deux navires des frères « *Pinzon* » durent l'attendre pour débarquer sur l'île de « *San Salvador* ».

De même au voyage de retour, Colomb n'ayant pas trouvé le détroit de Gibraltar, il toucha terre près de Lisbonne au Portugal, et dut suivre la côte pour atteindre le port de « *Sevilla* ».

« *La Santa Maria* »

35

« El Cano »

Contrairement à l'idée largement répandue, Magellan, navigateur d'origine Portugaise, ne réalisa jamais la première circumnavigation du globe, même s'il fut à l'origine le commandant de l'expédition.
Pris dans une embuscade par les autochtones Philippins, il mourut le 27 avril 1521 sur l'île « *Mactan* » atteint au visage par une lance empoisonnée.

Et ce fut de fait, le grand explorateur Espagnol « *Juan Sebastian el Cano* », qui fit la première circumnavigation du globe et qui revint à Sevilla avec les dix-sept derniers survivants de l'expédition à bord de la « *Victoria* ».
Ce sont là quelques vérités que je voulais rétablir, car elles sont souvent méconnues.

« *Nao Victoria* »

36

Notre arrivée en France

Le Général De Gaulle (1890-1970), parvenu tout d'abord au pouvoir par un Coup d'état dans la France dirigée par le Maréchal Pétain, établit un gouvernement provisoire et rejeta l'armistice avec l'Allemagne Nazie.

En 1958, un referendum plébiscita la nouvelle Constitution et la naissance de la 5ème République.

Le Général forma alors un gouvernement d'union nationale, et nomma Michel Debré Premier Ministre.

Puis elle connaîtra une importante modification en 1962 : l'élection du président de la République au suffrage universel direct.

Adoptée après un attentat qui faillit coûter la vie au Général, cette réforme permit de donner une plus grande légitimité au Président de la République.

Pour ce qui nous concerne, en 1961, l'oncle Bernardino faisait les chantiers de coupe de bois près du village de « *Nançois le Petit* » dans l'Aube, en Champagne.
Il était contremaître et aussi à l'occasion, chargé par l'entreprise, SOFOEST S.A. de faire venir des ouvriers d'Espagne, comme bûcherons pour prélever du bois pour l'industrie, mais aussi le chauffage, dans les immenses forêts de l'Est.
Alors il réussit à convaincre mon père et l'oncle Cele, de nous faire immigrer en France.
Il y avait énormément de travail, en France dans ces année-là, peu de temps après la Guerre, puisque tout était à reconstruire. Alors on fit venir des Italiens, pour le bâtiment et des Espagnols pour diverses tâches, plutôt dans l'industrie et le travail des bois, ainsi que comme « *Gardiennes concierges* » pour les femmes.
C'est comme cela, que nous nous sommes retrouvés en France, dans un petit village, « *Éguilly sous-bois* », dans le département de l'Aube.

« Éguilly sous-bois »

Tout était prêt : une ancienne, mais coquette maison au centre du village, mise à notre disposition par l'entreprise, équipée de son poêle en fonte, et du bois de chauffage à volonté, et meublée par les généreux dons des habitants qui se composaient d'une table, de chaises, d'un lit, d'un buffet de cuisine, de couverts et de tout le nécessaire pour la maison.
Nous ne remercierons jamais assez cette générosité inattendue de la population Française à notre égard.
Pour notre père, un contrat de travail indéfini, et pour nous, l'inscription à l'école était déjà faite. Bref, tout pour bien démarrer, dès notre arrivée.
Nous ne sommes pas venus seuls puisque l'oncle « *Celedonio* », le petit frère de notre mère, et la tante

« *Manuela* » qui venaient de se marier peu avant, accompagnés de leur première fille « *Pépi* » étaient aussi du voyage et nous accompagnaient.

Mon père et notre oncle, sont venus, en janvier, pour préparer les logements, et faire les différentes démarches administratives nécessaires.

Puis notre tante Manuela et nous, au mois de février.

Je me souviens que notre père était venu nous chercher à Paris, car il fallait prendre le Métro, depuis la Gare d'Austerlitz jusqu'à la Gare de l'Est.

Et ce n'était pas évident, pour lui, puisque c'était la première fois qu'il le faisait, mais tout s'est parfaitement déroulé, et nous sommes arrivés à bon port, sans le moindre souci.

Comme tous les arrivants en France à cette époque, les travailleurs, mais aussi tous les membres de leur famille devaient passer la fameuse visite médicale tant redoutée, car elle était très poussée, avec bilan sanguin, radiographies et recherche de la moindre pathologie.

De son résultat dépendait le droit de rester sur le sol Français.

Pour nous, tout s'est très bien passé : pas le moindre souci médical pas même une petite grippe ou un refroidissement. Nous avons donc eu le feu vert.

Notre père avait sa Carte de Séjour pour trois ans et sa Carte de Travail, obligatoire à cette époque, qui était toujours délivrée pour un métier donné. Tu ne pouvais pas l'utiliser pour en changer.

Arrivés donc à Éguilly près d'Épernay, nos parents et oncles travaillaient tous dans la coupe des bois.

Les jeudis, nous n'avions pas d'école et il nous arrivait de les accompagner dans les immenses forêts champenoises où les chantiers étaient nombreux.

La coupe du bois, ou plutôt le prélèvement, était organisée par le contremaître responsable de chaque chantier. Avant de commencer, les grands arbres étaient marqués de façon bien distincte et parfaitement visible.

Ceux que l'on devait préserver, ceux que l'on pouvait couper et laisser en grumes et tout le reste qu'il fallait couper en tronçons d'un mètre et empiler en tas appelés « *stères* ».

Pour les bois plus petits il fallait les attacher en « *fagots* ». Pour cela il y avait des gabarits, sous forme de traîneaux en tubes métalliques, qu'il fallait remplir puis attacher avec deux gros fils de fer de gros diamètres, très solides. Le salaire était payé à la tâche selon le nombre d'unités coupées et empilées.

Par la suite, le débardage des grumes et du bois était réalisé par les tracteurs 4x4 très puissants de l'entreprise.

Quelque temps après notre arrivée à « *Éguilly-sous-Bois* » dans le Département de l'Aube, je ne saurai vous dire combien de mois avec précision, nous avons dû déménager dans la Marne dans un petit village appelé « *Soulières* ». Là, nous étions logés dans une ancienne ferme, mais nous n'étions pas seuls, nous la partagions avec plusieurs familles de bucherons, quatre ou cinq, toutes Espagnoles. Les bâtiments étaient très vastes et spacieux, avec des granges, une grande cour et un immense berger. La ferme était attenante au village et l'École n'était pas très loin.

« *École de Soulières* »

Là aussi l'accueil des habitants fût merveilleux et il ne nous manquait absolument rien.
J'ai encore dans mes souvenirs les séances de cinéma que l'instituteur projetait les samedis soir dans notre

classe, parmi lesquelles, j'ai eu l'occasion de voir pour la première fois, « *Jour de Fête* », le fameux film de Jacques Tati. Tout près du village, se trouvait une base militaire Américaine et nous devions passer devant pour rejoindre le chantier de coupe. Les jeudis, lorsque nous accompagnions nos parents, les soldats sortaient pour nous distribuer des bonbons ou du chocolat.

Pour Noël, nous avions même droit aux fameuses chaussettes rouges remplies de friandises de toutes sortes.

« *Base Américaine* »

Puis nous avons quitté de nouveau notre village et nous sommes arrivés à « *Charmont* », situé aussi dans la Marne. Là, l'entreprise n'ayant pas trouvé de logement pour nous, on nous a construit deux chalets en bois, un pour notre oncle Celé et l'autre pour nous, en plein centre du village.

C'était génial, tout était neuf, avec trois pièces entièrement meublées et équipées avec eau, électricité et chauffage, le tout aux frais de la SOFOEST, l'employeur de nos parents.

« *École de Charmont*

37

L'intégration à l'École Française

Notre intégration à l'école ne fût pas très facile au début car nous ne connaissions alors pas un seul mot de Français.
Cependant, j'étais très à l'aise avec les mathématiques en « *calcul* » comme on disait à l'époque.
J'étais largement au-dessus du niveau de ma classe.
Par exemple, à moins de dix ans, je savais faire une racine carrée sans le moindre souci et les théorèmes de « *Pythagore* » ou de « *Thalès* », n'avaient aucun secret pour moi.
En revanche pour le Français, je me souviens que le maître collait sur un tableau des images de toutes sortes : objets ou animaux avec leur nom en dessous.

Ils me les faisaient lire et relire, avec la prononciation correcte. Sinon pour le reste, la Géographie ou les Sciences, il n'y avait pas de soucis, mis à part le fait que j'avais beaucoup de difficulté à m'expliquer, à cause de mon mauvais Français. Mais j'apprenais vite et mes efforts portaient leurs fruits.

La grosse difficulté, était le fait qu'il fallait déménager très souvent, au grès des besoins et des chantiers de coupe disponibles.

Nous avons parcouru une bonne partie de l'Est de la France et bien sûr, changé d'école à chaque fois, parfois en plein milieu de l'année scolaire, et puis devoir se faire de nouveaux copains, avec des nouvelles habitudes, mais nous n'avions pas le choix, c'était comme cela, dans ce métier de bucherons.

Plus tard, notre père et nos oncles se sont fatigués de cette vie de nomades et ont demandé et obtenu une nouvelle carte de travail pour « *l'industrie* ».

Dès lors, nous avons déménagé dans la Meuse, dans un petit village appelé « *Morley* ».

Tous ont trouvé un nouveau travail dans la métallurgie, dans les Usines SALIN et Cie de « *Dammarie sur Saulx* » » et « *d'Écurey* ».

À partir de ce moment, nous avons trouvé la stabilité aussi bien pour nos parents que pour nous.

C'est donc dans l'école communale du village que nous avons pu finir notre primaire, qui à l'époque se soldait par le « *Certificat de Fin d'Études* », à quatorze ans.

Le Maître s'appelait Monsieur « *Lallemand* ».
Ce fut pour nous une intégration parfaite, dans ce petit village de la Meuse, avec des copains, plein de copains, et je me souviens encore de nos innombrables jeux et bêtises, j'ai toujours en tête beaucoup de leurs prénoms.

Alain T. Patrick F. Clade G. Jacques H. et bien d'autres.

« *Notre École de Morley* »

Un de nos passe-temps favoris était la pêche.

Tous les ans, Paco et moi comme beaucoup d'autres, prenions notre « *Carte de Pêche* », qui était obligatoire si l'on voulait taquiner le goujon sans se faire prendre par le Garde.

La Saulx était une rivière très poissonneuse, on y trouvait beaucoup de variétés, tanches, goujons, gardons et bien d'autres, mais la reine incontestable, c'était la truite.

Juste avant la période d'ouverture, on y introduisait une bonne quantité pour en accentuer l'attrait et contenter les nombreux pêcheurs.

Les samedis, notre classe se transformait en salle de cinéma.

M. Lallemand déroulait l'écran au mur, installait l'énorme projecteur trente-cinq millimètres et déballait les trois ou quatre bobines du film qu'il préparait dans l'ordre pour la projection.

Les spectateurs s'installaient comme ils pouvaient sur nos chaises de pupitre, je présume, parfois un peu à l'étroit.

C'était toujours une agréable soirée pour tout le monde, même si les films n'étaient pas des plus récents.

Morley possédait une très jolie église, où la messe était célébrée chaque dimanche et comme la plupart des garçons du village, j'étais enfant de chœur et il m'est arrivé une curieuse anecdote.

En pleine célébration, j'étais agenouillé et je tenais l'encensoir juste devant moi. La fumée de l'encens, ajouté au fait que j'étais à jeun (à l'époque il fallait l'être pour pouvoir communier) m'a fait perdre connaissance et je me suis étalé sur le sol. Quelques personnes m'ont très vite ramassé et emmené à la sacristie où l'on m'a fait boire et donné deux morceaux de sucre.

Je suis vite revenu à moi, sans le moindre problème, mais c'était la première fois que j'expérimentais une telle chose, même si le prêtre nous affirma que c'était courant et que ça arrivait de temps à autre.

Dans le village, il y avait aussi plusieurs petits commerces, où l'on pouvait trouver un peu de tout : de la nourriture, des produits frais, des légumes, des conserves, des gâteaux et toutes sortes de boissons.

On pouvait aussi se procurer les produits les plus usagers, pour la cuisine et la maison en général et même faire réparer sa voiture dans un garage.

J'aimais m'acheter les petits livres de bandes dessinées, que je dévorais avec anxiété. Je pense que ça m'a beaucoup aidé pour apprendre le Français.

J'adorais les aventures de « *Buck John* » ou les « *Tex Tone* » qui relataient les histoires du « *Far west* » Américain.

On pouvait aussi s'acheter les fameux « *Mistrals gagnants* », sachets de petits granulés qui picotaient la langue et les petits caramels à un ancien Franc, ou encore, les chewing-gums « *Les veinards* » de couleur rose, mais si la pâte était verte tu en gagnais un autre. À propos de ceux-ci, nous avions monté une astuce pour arnaquer la vendeuse : nous devions les déballer et s'ils étaient de couleur verte, nous avions droit à un deuxième gratuit.

Alors nous gardions presque toujours un de cette couleur dans la poche et nous le sortions discrètement pour s'en faire offrir un deuxième.

Je reconnais volontiers que ce n'était pas très honnête.

« Notre maison de Morley »

C'est à quatorze ans lorsque j'ai commencé à travailler, que mon père m'acheta ma première mobylette. Elle n'avait pas de ralenti, c'est-à-dire qu'on devait pédaler pour la remettre en route à chaque fois que l'on devait s'arrêter. Ce n'était vraiment pas génial, surtout l'hiver lorsqu'il y avait de la neige ou du verglas.

Plus tard, j'ai eu droit à une Peugeot qui en était pourvue, c'était bien plus pratique. Ce sont les deux seuls vélomoteurs que j'ai possédé. Plus tard à mes dix-huit ans, j'ai passé mon permis et nous avons eu notre première voiture, une « *Simca 1300* » d'occasion.

Après l'école, nous avons intégré le Centre d'apprentissage des Usines Salin, pour commencer les cours de Modeleur pendant trois ans, qui se terminèrent par l'obtention d'un C.A.P.

Lorsque nous sommes arrivés à Morley dans la Meuse, nous avons tout d'abord emménagé dans une ancienne maison du centre-ville, tout près de «*la Saulx* », jolie rivière qui traverse le village. Celle-ci n'était pas très vaste, mais elle possédait plusieurs dépendances, cours, granges, greniers et un grand jardin qui longeait la rivière, ce qui était pratique pour arroser les nombreux légumes, que notre père, s'était empressé de planter.

Et on peut dire qu'il était fier de son potager qu'il soignait avec un indéniable plaisir, dès qu'il rentrait du travail. Nous élevions des poules, des lapins, et même un bélier, qui n'hésitait pas à charger dès que nous pénétrions dans son enclos. Plus tard, nous avons déménagé dans une nouvelle maison mitoyenne avec rez-de-chaussée et un étage, ainsi qu'un entresol.

Elle se situait à l'entrée du village, beaucoup plus moderne et là aussi, nous avions une grange où notre père avait aussitôt installé des cages à lapins, et un enclos où il élevait des poules.

Il y avait aussi un potager pour son plus grand plaisir. Nous avions aussi deux chats et une adorable petite chienne « *Miloue* » que l'on adorait, et qui nous le rendait bien. Nous avons hélas dû la donner à un camarade de travail de mon père qui habitait un village voisin, lorsque nous sommes partis pour Bischheim en Alsace.

« *Miloue* »

À la fin des années soixante, notre grand-mère Ramona est venue vivre avec nous, nos parents ayant réussi à la convaincre de venir passer quelque temps en France.

Cependant, elle n'est pas restée très longtemps, six mois tout au plus, car elle n'a pas réussi à s'habituer. En effet, elle qui passait son temps dehors à bavarder avec ses amies lorsqu'elle était à *« Tamames »* chez sa fille Pilar, devait rester la plupart du temps à la maison devant notre première petite télé en noir et blanc, sans comprendre un seul mot de Français.

Alors elle aimait juste regarder des émissions comme *« La piste aux étoiles »* ou de variétés, de Maritie et Gilbert Carpentier et à ce sujet, je me souviendrai toujours, elle détestait Charles Aznavour qu'elle appelait *« el cansera »,* le fatigant en argot, car il passait très souvent à cette époque et débitait à chaque fois une bonne partie de son vaste répertoire.

38

Voilà !

J'ai décidé à ce moment, de mettre fin à cette « *Première partie* » de mon récit, en vous contant ces années, qui ont été pour moi une période heureuse et insouciante de ma jeunesse, les suivantes je le sais aujourd'hui, m'apporteront hélas des événements terribles et inoubliables, mais aussi de bonheur et d'immense espoir.
Je l'ai voulu volontairement, un peu pêle-mêle, en y associant au fil conducteur de mon enfance, une série d'informations sur les coutumes de mon temps, ainsi que quelques passages historiques, réflexions et croyances personnelles.

À partir de là, bien sûr, chacun de nous trois, allait former sa petite famille bien à lui, naturellement, et allait commencer pour nous la « *Vie d'Adulte* ».

En ce qui me concerne, j'ai rencontré ma future épouse « *Conchi* », un beau soir de 1976, dans la discothèque « *Le Chalet* » située dans la banlieue Nord de Strasbourg.

Nous nous sommes mariés civilement le 1er juillet 1977, à la mairie de Schiltigheim et le 2 juillet 1977 à, l'église Espagnole de Strasbourg.

Miguel y Conchi 02 Julio 1977

Et malgré les épreuves de la vie que nous avons toujours su surmonter, les difficultés, les malheurs et les bonheurs nos joies et nos peines, nous avons constamment su faire face et défier le destin.

Et puis, pendant toutes ces années, je n'ai jamais cessé une seule seconde de l'aimer, et je dois dire que j'ai toujours trouvé auprès d'elle un soutien et un amour inconditionnels.

Et surtout, je ne la remercierai jamais assez de m'avoir donné mes deux soleils Celina et Diana, qui par leur seule présence, ont largement contribué à illuminer ma vie.

Nos deux trésors,

Nées toutes deux à la Maternité de l'Hôpital de Schiltigheim *« Alsace »*.

Celina, le 23 juillet 1979,
Et Diana, le 30 octobre 1982.

« Celina et Diana »

Aujourd'hui, elle est bien loin Notre Petite Maison, par la distance bien sûr mais surtout par la perte de cette heureuse et innocente enfance, que j'aurais tant voulu pour tous. Pourtant, pour moi, elle reste là ! Quelque part bien cachée, dans un petit recoin de ma tête. Et je suis certain que vous tous, même si dans cette vie, vous devez traverser des épreuves et des moments difficiles, ne devez jamais désespérer car vous serez finalement récompensés un jour, n'en doutez pas un instant.

CONCLUSION

Souvent, je pense à cette époque, pleine d'insouciance, que nous avons pu vivre tous les trois.

Ce fut possible, grâce aux sacrifices sans limites de nos parents, qui malgré le malheur qui les toucha si profondément, se sont toujours efforcés de nous en préserver, pour nous rendre la vie aussi heureuse et belle que possible.

Ils se sont toujours battus pour nous transmettre les valeurs les plus importantes de la vie, qui nous ont permis de rester toujours unis et j'en suis fier et heureux qu'il en soit ainsi.

Arrivé à mon âge, je pense, sans la moindre hésitation, que dans cette vie, chaque enfant devrait avoir droit à

*« **Sa petite maison dans la prairie** ».*

À suivre !

Du même auteur

— **Notre petite Maison dans la Prairie**
(Récit autobiographique)
— **Les dessous de Tchernobyl**
(Roman)
— **Le Piège**
(Roman)
— **Amitiés singulières**
(Amitiés Amour et Conséquences)
(Roman)
— **Nature**
(Récit)
— **La loi du talion**
(Roman)
— **Le trésor tombé du ciel**
(Román)
— **Prisonnier de mon livre**
(Récit)
— **Sombres soupçons**
(Roman)

Biographie :

Jose Miguel Rodriguez Calvo
né à «San Pedro de Rozados»
Salamanca (Castille) Espagne
Double nationalité franco-espagnole
Résidence : France

Del mismo autor

Publicaciones en Castellano

— **Perdido**
  (Novela)
— **Tierra sin Vino**
  (Novela)
— **El tesoro caído del Cielo**
  (Novela)

Biografía:

Jose Miguel Rodriguez Calvo
natural de «San Pedro de Rozados»
(Salamanca) España
Doble nacionalidad hispanofrancesa
Residencia: (Francia)

jose miguel rodriguez calvo